久别重逢

范雨素——著

北京出版集团
北京十月文艺出版社

目录

代序｜我是范雨素

㈠

我的生命是一本不忍卒读的书。命运把我装订得极为拙劣。

我是湖北襄阳人，十二岁那年在老家开始做乡村小学的民办老师。如果我不离开老家，一直做下去，就会转成正式教师。

我不能忍受在乡下坐井观天的枯燥日子，来到了北京。我要看看大世界。那年我二十岁。

来北京以后，过得不顺畅。主要因为我懒散，手脚不利索，笨。别人花半个小时干完的活，我花三个小时也干不完。手太笨了，比一般的人都笨。上饭馆做服务员，我端着盘子上菜，愣是会摔一跤，把盘子打碎。挣点钱只是能让自己饿不死。

我在北京蹉跎了两年，觉得自己是一个看不到理想火苗的人，便和一个东北人结婚，草草地把自己嫁了。

结婚短短五六年，生了两个女儿。孩子父亲的生意，越来越做不好，每天酗酒打人。我实在受不了家暴，便决定带着两个孩子回老家襄阳求助。那个男人没有找我们。后来听说他从满洲里去了俄罗斯，现在大概醉倒在莫斯科街头了。

我回到了老家，告诉母亲，以后我要独自带着两个女儿生活了。

㊁

童年，我和小姐姐两人脚对脚躺床上看小说。眼睛看累了，就说会儿闲话。我问小姐姐："我们看了数不清的名人传记，你最服的名人是哪个？"小姐姐说："书上写的名人都看不见，摸不着，我都不服气，我最服的人是我们的小哥哥。"

我听了，心里不以为然。是呀，书上的名人是看不见，摸不着。但我们生活中能看见、摸着的人，我最服气的是我的母亲。小哥哥无非就是个神童罢了。

我的母亲，叫张先芝，生于1936年7月20日。她在十四岁那年，因能说会道，善帮人解决矛盾，被民主选举为妇女主任。从1950年开始干，"执政"了四十年，比萨达姆、卡扎菲这些政坛硬汉的在位时间都长。不过，这不是我服气母亲的原因。

母亲只有几岁的时候，外爷(外祖父)把她许配给房子连房子的邻居，就是我的父亲，以后母亲就能帮衬我的舅舅了。我的父亲年轻时是个俊秀飘逸的人，可父母亲的关系一点也不好，他们天天吵架。

从我记事起，我对父亲的印象，就是一个大树的影子，看得见，但没有用。父亲不说话，身体不好，也干不了体力活。屋里五个娃子，全靠母亲一个人支撑。

我的母亲是生在万恶旧社会的农村妇女，没有上过一天学，但我们兄妹五人的名字都是母亲取的。母亲给大哥哥起名范云，给小哥哥起名范飞，希望两个儿子能成人中龙凤，腾云驾雾。母亲给我们仨姐妹的名字起得随意多了。大姐姐叫范桂人，意思是开桂花的时候成人形的。小姐姐是开梅花的时候生的，应该起名叫梅人，但梅人，谐音“霉人”，不吉利。妈妈就给她起名范梅花。我是最小的娃子，菊花开时生的，妈妈给我取名范菊人。十二岁那年，我看了当年最流行的言情小说《烟雨濛濛》，是琼瑶阿姨写的，便自作主张，改了名字，管自己叫范雨素。

大哥哥从小就有学习自主性，但没有上学的天赋。

每天夜里，舍不得睡觉地学习，考了一年，没考上大学，复读了一年，还是没考上。大哥哥生气了，说不通过高考跳农门了。大哥哥要当个文学家跳农门。我们家是个很穷的人家，两个姐姐的身体都有残疾，长年累月看病，家里穷得叮当响。可是因为大哥哥要当文学家，当文学家要投资的。大哥哥把家里的稻谷麦子换成钱，钱再换成文学刊物、经典名著。没有了粮食，我们全家都吃红薯。幸运的是，妈妈的五个娃子没有一个是饿死鬼托生的，也没有一个娃子抗议吃得太差。

大哥哥又读又写了好几年，没有当成文学家。身上倒添了很浓的文人气息，不修边幅，张口之乎者也。像这样的人，在村里叫作“喝文的人”，像鲁迅先生笔下的孔乙己一样，是被人鄙视的。

但是，大哥哥和孔乙已有不一样的地方，大哥哥有我们英勇的母亲。因为母亲的缘故，没有人给大哥哥投来鄙视的目光。

母亲口才很好，张嘴说话就有利口覆家邦的架势。她长期当媒人，在我们襄阳被人喊作“红叶”。母亲当红叶不收一分钱，纯粹是做好事，用现在的词语叫志愿者。20世纪80年代初的农村，家家都有好几个娃子，男大当婚，女大当嫁。像母亲这样的人，是最受欢迎的人才。

大哥哥没当成文学家，没跳出农门，这不是要紧的事，但大哥哥需要结婚，这是大事。像大哥哥这样类型的人，在村里被人叫作文疯子，说不上媳妇。可是我们有厉害的妈妈，她向来能把黑说白，能把大哥哥的缺点说成优点。凭着母亲的凛凛威风，我们这穷得叮当响的人家，给大哥哥找了一个如春天的洋槐花一般朴实的妻子。

结了婚的大哥哥依然迂腐。他对母亲说，村官虽小，也是贪官污吏的一部分，他让母亲别当村官了，丢人现眼。那时候，我虽然年龄小，也觉得大哥哥逗。哪里有每餐啃两个红薯的贪官污吏？

但是，母亲什么也不说，辞掉她做了四十年的村官。

大姐姐生下来五个月，发高烧，得了脑膜炎。当时交通不方便，母亲让跑得快的舅舅抱着大姐姐往四十里外的襄阳城中心医院跑。住上了院，也没治好大姐姐的病。大姐姐不发烧了，智障了。

据母亲说，是打针时药下得太重了，大姐姐药物中毒了。

大姐姐傻了，可母亲从不放弃。母亲相信自己能改变这个事实，她相信西医，相信中医，相信神医，不放弃每一个渺茫的机会。经常有人来家里报信，说哪个地方，有个人成仙了，灵了。母亲便让父亲领着大姐姐讨神符，求神水喝。讨回来的神符烧成灰，就着神水，喝到大姐姐的肚子里。一次次希望，一次次失望。母亲从来没放弃过。

小姐姐的小儿麻痹症，一直治到十二岁，腿开了刀，才慢慢好转。

母亲生了五个娃子，没有一个省心。

㊂

曾经的我很膨胀。

我是母亲年近四十岁生的唯一健康的小女儿。我的童年，母亲忙得从来不管我。我在六七岁时，学会了自己看小说。这也不是值得夸耀的事，我的小姐姐和大表姐都能看一本本砖头厚的书。童年唯一让我感到自豪的事，就是我八岁时看懂一本竖版繁体字的《西游记》，没有一个人发现过，也没有一个人表扬过我。我自己为自己自豪。

我那个年龄，很容易骄傲。我的成绩一直是班上最好的。我上课时，从来没听过课，脑子里把看过的小说自编自导一遍。一本叫《梅腊月》的小说，在我脑子里导过一千遍。

我上小学的年代，文学刊物刊登得最多的是知青文学，里面全是教人逃火车票、偷老乡青菜、摘老乡果子、打农户看门的狗和炖狗肉吃的伎俩。

看这些小说，我感到一餐啃两个红薯的生活是多么幸福呀。不用偷，不用抢，也没有人打我，还有两个红薯吃，还能看闲书。少年的我，据此得出了一个道理：一个人如果感受不到生活的满足和幸福，那就是小说看得太少了。

我不光看知青文学，还看《鲁滨孙漂流记》《神秘岛》《孤星血泪》《雾都孤儿》《在人间》《雷锋叔叔的故事》《欧阳海之歌》《金光大道》。通过看小说，我对中国地理、世界地理、中国历史、世界历史了如指掌。只要报一个地名出来，我就知道在世界上哪个大洲。说一条河流出来，我能知道它流向地球上的哪一个大洋。

我十二岁了，我膨胀得要炸裂了。我在屋里有空白的纸上，都写上了“赤脚走天涯”。在十二岁那年的暑假，我不辞而别，南下去看大世界了。

选择南下，是因为我在1982年的一本杂志上，看见一个故事。北京有一个善人，专门收养流浪儿。她在冬天收养了一个流浪儿，那个孩子冬天睡在水泥管道里，把腿冻坏，截肢了。我对这个故事印象深刻，知道如果去北京流浪，会把腿冻没了。

我按照知青小说教我的七十二道伎俩，逃票去了海南岛。那里一年四季，鲜花盛开。马路上有木瓜树、椰子树。躺在树下面，可以吃木瓜，喝椰汁。我吃水果吃腻了，就上垃圾桶里找吃的。小说里的主人公都是这样生活的。头发很短，脏兮兮没洗脸的我，看着像一个没人理睬的流浪男孩。人贩子辨认不出我的性别，也没盯上我。

可这种日子会过腻的。没有学校读书，没有小说看，也没有母亲。我在海南岛上浪荡了三个月，决定打道回府。一路逃票，回到了家乡，回到了母亲身旁。

一回到家，只有母亲还用慈祥的眼神爱着我，父亲和大哥哥对我恨之入骨，说我丢了他们的人。村里，年长的族兄找到了母亲，说我丢了整个范家的脸面，让母亲把我打一顿，赶出去。

这时候，十二岁的我清醒过来。在我们襄阳农村，儿娃子(男孩)离家出走几天，再回来，是稀松平常的事。而一个娘娃子(女孩)只要离家出走，就相当于古典小说的私奔罪。在我们村里，从来没有女孩这么做，我离家出走，成了德有伤、贻亲羞的人。

我没脸见人，也没脸上学了。最关键的是，我也没勇气流浪了。怎么活下去？活下去是硬道理。

母亲并没有抛弃我。这个时候，我的神童小哥哥已读完大专，成了智商、情商双高的人才，当了官。母亲支使神童哥哥为十二岁的我谋了一份民办老师的工作，让我在一个偏远的小学教书，安顿了我。

荏苒岁月颓。转眼间，母亲的孩子们全成了成年人了。母亲为我的大姐姐求医问药了二十年，还是没治好大姐姐的病。大姐姐在二十岁那一年，发了一次高烧，医治无效，死了。

小姐姐长大后，成了乡下中学教语文的老师。在学校教书时，小姐姐的才子男朋友去上海另觅前程了。脑子里有一万首古诗词内存卡的小姐姐恨恨地说："一字不识的人才有诗意。"小姐姐找了一个没上过一天学的男文盲，草草地打发了自己。

大哥哥还在村里种地，锄头、镢头、铁锨，把大哥哥要当文学家的理想打碎了。大哥哥现在只种地了，过着苦巴巴的日子，再也不搔首问天，感叹命运多舛。

少年得志的小哥哥，在四十岁那年，迷上了赌博。可能因为官场运气太好，小哥哥在赌场上只一个字：输。输钱的小哥哥借了高利贷。很快，还不起债了，他每天都在腾、挪、躲、闪着追债人。官也被撤了。

世态炎凉，小哥哥没有朋友了，没有亲戚了。小哥哥在深夜里，在汉江二桥上一遍遍徘徊。

这时候，母亲站了出来，她一遍遍劝慰小哥哥。母亲说四十岁的儿子，是个好娃子。这不是小哥哥的错，是小哥哥当官的朋友把小哥哥教坏了。

母亲说，对不起小哥哥，那时没有让年幼的小哥哥复读一年。如果复读了，考上了大城市里的大学，到大城市当官，大城市的官员素质高，不会教坏小哥哥，小哥哥就成不了赌鬼。母亲说，人不死，债不烂，没什么好怕的，好好地活下去。有母亲的爱，小哥哥坚强地活着。

㊃

我离开对我家暴、酗酒的男人，带着两个女儿回到襄阳，母亲没有异样，只是沉着地说，不怕。但大哥哥马上像躲瘟疫一样，让我赶紧走，别给他添麻烦了。

按照襄阳农村的传统，成年的女儿是泼出去的水，母亲没有帮助我的权利。母亲是政治强者，但她不敢和中国五千年的三纲五常对抗。爱我的母亲对我说，我的大娃子不上学了，不要紧，母亲每天会求告老天爷，祈求老天爷给她一条生路。

这个时候，我已明白，我没有家了。我们农村穷苦人家，糊口尚属不易，亲情当然淡薄。我并不怨恨大哥哥，但我已明白，我是生我养我的村庄的过客。我的两个孩子更是无根的水中浮萍。这个世界上只有母亲爱着我们了。

我带着两个孩子来到京城，做了育儿嫂，看护别人的孩子，每星期休一天。大女儿在东五环外的皮村，在出租屋里看护小妹妹。

我运气真好，我做育儿嫂的人家是上了胡润富豪排行榜的土豪。男雇主的夫人生的两个孩子，已是成年人了。我是给男雇主的如夫人看护婴儿的。

男雇主的如夫人生了一儿一女，大儿子在国际学校上学前班，小女儿是刚三个月的小婴儿。男雇主给大儿子雇了一个少林武校毕业的武术教练，在自己家盖的写字楼里辟出了一块三百平方米的场地，装上了梅花桩，沙袋，单双杠……给庶子一个人使用。除了学武，又找了一个中国人民大学毕业的学霸，做家庭教师，包吃住，负责接送孩子，指导孩子写作业，领着孩子去习武，还教六岁的孩子编程序。

我只负责三个月的小女婴。小婴儿睡觉不踏实，经常半夜三更醒来。我跟着起来给孩子喂奶粉，哄她入睡。这时，我就想起我在皮村的两个女儿。晚上，没有妈妈陪着睡觉，她俩会做噩梦吗？会哭吗？想着想着，潸然泪下。还好是半夜三更，没人看见。

女雇主比男雇主小二十五岁。有时我半夜起来哄小婴儿，会碰到女雇主化好了精致的妆容，坐在沙发上等她的老公回来。女雇主的身材比模特曼妙，脸比那个叫范冰冰的明星漂亮。可她仍像宫斗剧里的娘娘一样，刻意地奉承男雇主，不要尊严，伏地求食。可能是她的前生已受够了苦，不作无用的奋斗。

大女儿交了两个同龄的不上学的朋友。一个叫丁建平，一个叫李京妮。丁建平来自甘肃天水，他不上学是因为妈妈抛弃了爸爸，爸爸生气。爸爸还说，公立学校不让农民工的孩子上，上学只能到打工学校上，这样的学校一学期换好几个老师，教学质量差。反正上不成个器，就省点钱不上。

李京妮不上学，是因为她的爸爸在老家有老婆、孩子，可还去骗李京妮的妈妈，生了李京妮。李京妮的妈妈发现受骗后，气走了，也不要李京妮了，她爸爸是个善良的人，没有抛弃李京妮。可爸爸说，李京妮是个户口也没有的黑孩子，城里的打工学校，都是没办学资格的黑学校，娃子们在里面上，没有教育部的学籍，回老家也不能上高中考大学。李京妮是“黑人”，没必要再上这黑学籍的学校，来个双料黑。

有母亲在求告老天爷，我的两个孩子健康快乐地成长。三个大孩子一起看护一个小孩子，很轻松，孩子们每天都好得很。三个孩子，每天对着小女儿唱“我们的祖国是花园，花园的花朵真鲜艳”，唱得眉飞色舞，玩得欢天喜地。

㊄

我所居住的北京皮村是一个很有趣味的村子。中国人都知道，京郊农民户户都是千万富翁，他们的房产老值钱了。土豪炫富都是炫车炫表，炫皮包，炫衣食。这些炫法，我们皮村都不屑。我们皮村群众炫的是狗，比谁家养的狗多。我在皮村认识的工友郭福来是河北吴桥人，在皮村做建筑工，住在工棚里。皮村的一位村民，每天领着一支由十二只狗组成的狗军队，去工棚巡视，羞辱住在工棚里的农民工。郭福来冷冷地写了一篇《皮村记狗》，发表在《北京文学》，表达农民工的心声。

我的房东是皮村的前村委书记，相当于皮村下野的“总统”。房东是政治家，不屑养狗部队，只养了两条狗。一只苏格兰牧羊犬，一只藏獒。房东告诉我，苏格兰牧羊犬是世界上最聪明的狗，藏獒是世界上最勇猛的狗。最聪明的狗和最勇猛的狗组成联盟，它们是天下无敌的。我的孩子，住在皮村下野“总统”的府邸，享受着天下无敌手的安保，我和孩子都感到生活很幸福。

大女儿学会了看小说后，我陆陆续续去潘家园和各旧货市场、废品收购站，给大女儿买了一千多斤书。为啥买了这么多呢？有两个原因，一是论斤买太便宜，二是这些进过废品收购站的书太新了，很多都没有拆下塑封。一本书从来没有人看过，跟一个人从没有好好活过一样，看着心疼。

我原来没写过文章，如今，我有时间就用纸笔写长篇小说，写我认识的人的前世今生。我上学少，没自信，写这个是为满足自己。长篇的名字，我想好了，叫《久别重逢》。它的故事不是想象，都是真实的。艺术源于生活，当下的生活都是荒诞的。文章中的每一个人都可以考证。对这篇自娱的长篇小说，我总是想写得更好。

皮村“工友之家”文学小组开课，我听了一年。那一年有空听，是因为小女儿要看管，我在和皮村相邻的尹各庄村找了份在打工学校教书的工作。打工学校工资低，是个人就要。一个月给一千六。后来，小女儿大点儿，可以独立上学，独立回家，独立买食物。我就没再教书了，去做育儿嫂，一个月给六千多，只每个星期回来看一次小女儿，没再去工友之家了。

我一直觉得自己是个麻木、懦弱的人。我一直看报纸，不求甚解地闲看。如果把这几十年的新闻连起来看，你会发现，在没有农民工进城打工之前，就是约1990年之前，中国农村妇女的自杀率世界第一。一哭二闹三上吊嘛。自从可以打工，报纸上说，农村女人不自杀了。可是又出现了一个奇葩词汇，“无妈村”。农村女人不自杀了，都逃跑了。我在2000年看过一篇《野鸳鸯最易一拍两散》的报道，讲的是异地联姻的农民工婚姻太脆弱了。逃跑的女人也是这样异地联姻的女人。

在北京这样的城中村里，没妈的农民工的孩子也很多。可能是物以类聚，人以群分的缘故，我的大女儿交的两个朋友，都是这样的孩子。他们的命运基本上也是最惨的。

我的大女儿跟着电视里的字幕，学认字，会看报看小说了。后来，大女儿在小妹妹不需要照顾后，在十四岁那年，从做苦工开始，边受苦，边学会了多项手艺。她今年二十岁，已成了年薪九万的白领。相比较，同龄的丁建平、李京妮，因为没有亲人为他们求告老天爷，他们都变成了世界工厂的螺丝钉，流水线上的兵马俑，过着提线木偶一样的生活。

凡是养过猫狗的人都知道，猫狗是怎么护崽的。同理，人是哺乳动物。抛弃孩子的女人都是捧着滴血的心在活。

㈥

我在多年的打工生活里，发现自己不能相信别人了，和谁交往都是点头之交，有时甚至害怕和人打招呼。我对照心理学书籍给自己治病，得的叫“社交恐惧症”，也叫“文明恐惧症”，一旦恶化，就成“抑郁症”了。只有爱心才能治疗。我想到母亲对我的爱，这个世界上永远只有母亲爱着我，我每天都使劲这样想，我的心理疾病没有恶化。

今年，母亲打电话告诉我，我们生产队征收土地，建郑万高铁的火车停靠站。我和女儿还有大哥哥一家子户口都在村里，有土地。村里征地，一亩地只给两万二千块，不公平。队长贴出告示，每家要派个维权代表，上政府告状，争取自己的利益。大哥哥也出门打工去了，我们家的代表只能母亲来当。

母亲告诉我，她跟着维权队伍，去了镇政府、县政府、市政府。走到哪里，都被那里的年轻娃子们推推搡搡。维权队伍里，队长六十岁，是队伍里年龄最小的。母亲八十一岁了，年轻人是有良心的，没有推她，只是拽着胳膊，把母亲拉开了，母亲的胳膊被拽脱臼了。

一想到在正月的寒风里，八十一岁的老母亲还在为她不成器的儿女争取利益，为儿女奔走。我只能在这里，写下这篇文字，表达我的愧疚，我还能做些什么呢？

我能为母亲做些什么？母亲是一个善良的人。童年时，我们村里的一大半人都找碴儿欺负我家房后那些因修丹江口水库搬到我们村的均州移民。均州最出名的人叫陈世美，被包青天铡了。均州城现在也沉到了水底。我的母亲，作为这个村子里的强者，金字塔尖上的人，经常出面阻止别人对移民的欺侮。在我成年后，我来到大城市求生，成为社会底层的弱者。作为农村强者的女儿，经常受到城里人的白眼和欺侮。这时，我想：是不是人遇到比自己弱的人就欺负，能取得生理上的快感？或者是基因复制？从那时起，我有了一个念头，我碰到每一个和我一样的弱者，就向他们传递爱和尊严。

活着总要做点什么吧？我是无能的人，我是如此的穷苦，我又能做点什么呢！

我在北京的街头，拥抱每一个身体有残疾的流浪者；拥抱每一个精神有问题的病患者。我用拥抱传递母亲的爱，回报母亲的爱。

我的大女儿告诉我，她上班的文化公司，每天发一瓶汇源果汁，她没有喝饮料的习惯，每天下班后，她双手捧着饮料，送给公司门口垃圾桶里拾废品的流浪奶奶。

久别重逢

第一章　一个梦

久别重逢

本是一横一竖的平面直角坐标
是谁用北残香煜的重瞳
误撞了此刻的按钮
时间混乱 空间错杂
第七维我不能掌控

所有的海啸 终化为玉色的蝴蝶
有祖母的花屋前 一上一下迎风翩跹
所有的传说 终如古桂
破碎在暴风雨里 在夏至前夕

我分不清有缘千里来相会
和久别重逢
我分不清人生长恨水长东
和不肯过江东

风蒲猎猎
吹送岸上的蜀葵香
我只想静静的吃龙虾
在汉江畔 一丛丛盛开的蜀葵
旁吃龙虾

㊀

每个人的肉身是无数个民族精英的繁衍、传承。

每个人的身上都凝聚着祖先的魂魄。

一个人的历史，就是一个民族的历史。

从前世跑到今生，别人记不住你的历史，是因为你自己先忘得太快。

泰山曾作砺，沧海几扬尘。杨家大码头成了杨家坡。

我们来到了这世界上，已带上了一个月光宝盒，贮存在身体里。

㊁

战国末年，楚王封幼子楚侯，分封在昆河岸边的古襄阳。古襄阳市紧邻汉水的最大支流昆河。古襄阳市内有杨家大码头，楚侯府设置在古襄阳城最高最平的一块八亩大的土地上。

楚侯府门口有千年古井。古井前有一条金水河，还有一座约能并排过两辆大马车的玉带桥。

楚侯还在古襄阳市内一并打凿了七十二口井。

秦始皇统一了六国，楚国灭亡。战火烧到了千家店市，楚侯府烧成了废墟。

楚虽三户，亡秦必楚。楚王后人项羽灭了强秦。

沉寂了两千年的楚侯府，做了两千年的良田。古井犹在，玉带桥犹在，金水河默默地注视着沧海桑田。

㊂

做了两千年良田的楚侯府在公元1944年迎来了主人。

一个叫张丰烈的男人，领着他的女人张朱氏，带着他的两个孩子张毛狗、张毛福住在了楚侯府的八亩地上。

张丰烈的大妞张毛狗长得龙睛凤目，从小就能说会道。

那个张丰烈是从邻近一个叫官田的村子搬过来的。为啥要搬家呢？有两个原因：第一个原因是官田是个洼，又像一个战壕。站在打伙村（原来的古襄阳市）看不见官田村的房子。他们住在壕沟里，地势太低了。第二个原因是张丰烈添了男孩张毛福，因有了男孩，张丰烈偌大的家产就有人继承。张丰烈要找个风水好的地方给儿子住。

张丰烈做了多年的骡马生意，走南闯北，是精明的商人。他怕他的孩子被二嫂陷害，于是在邻近的打伙村买了八亩地重新建造家园。

他买的八亩地就是两千年前的楚侯府。

那一年是1944年，张丰烈还有百八十亩地，走南闯北的张丰烈已会看天道，他把他的一百亩地卖掉了。他把卖地的钱用来赌博。他把卖地的钱全部输光了，就不再赌了。转眼到了1949年，张丰烈没有了土地，按照新社会的标准，张丰烈成了穷人。

张丰烈搬到了古襄阳市，现在叫打伙村的村子里。这个村子里，长得最俊秀的男孩是范家的三小子。精明的张丰烈找人提亲，把大女儿许配给了范家的三小子。那两年，还没解放，范家是穷佃农，连宅基地都没有。张丰烈把自家的八亩宅基地让出三亩。让范家到自家的宅基地盖上房子。以后，能帮衬他的独子。

㊃

我经常做一个梦，反反复复做一个相同的梦，这个梦复制在我的脑壳里面了。

蓝色的大海上，我是一只海龟。我在海面上奔跑。一直跑，一直跑，不知道累。蔚蓝色的大海无边无际，海连着天，天连着海。海龟边跑边唱：

> 我们看海去！
> 我们看海去！
> 蓝色的大海上，
> 扬着白色的帆。
> 金红的太阳，
> 从海上升起来，
> 照到海面照到船头。

我们看海去！

我们看海去！

清晨醒来，我不复是唱歌谣、奔跑的海龟了。我成了一个现实生活里的正常人，可是一直没从梦里走出来。我仍觉得自己是海龟，是那个在大西洋、太平洋上奔跑的龟。我不光在海上行走，我还旁听了哥本哈根会议，在哥本哈根邂逅了在银河系双鱼座出现的小人鱼，也就是安徒生童话里的小人鱼。是先有了我的现实困境，还是先有了我的梦？不然就是时光倒带，时间逆流？门前流水尚能西，休将白发唱黄鸡，是因果倒置。大梦谁先觉，平生我自知。

我还一直没弄明白的是，海龟是不能奔跑的，我的梦违反了现实空间的逻辑。

我站在林子的中央，听到大海的涛声。

我们好像在哪见过你记得吗？

当我们来到今生各自天涯

天涯相望今生面对谁曾想

还能相遇　一切就像梦一样

我们好像在哪见过

㊄

特斯拉说：“地球万物是高维空间写的一道程序。”数学家说：“人是数学语言的表达。”物理学家用公式表达万物。在公式里没有时间这个概念。

那么，人是数学语言写的程序，抑或是源代码？是分形吗？是分形的复制、叠加、递归。

人是否也具有时空对称性？我是一个每晚睡觉必做梦的人。有时候做五分钟的梦，五分钟在梦境的虚拟空间里，好像已度过了三生三世。

在我的梦境里，我看到了自己的分形，所有家人的分形，我如琼瑶阿姨一样写下了我的《六个梦》，我是个追梦的人。

当我从梦境的虚拟空间醒来，回到我需要吃饭穿衣的现实空间里，我总如从飞行模式转换成标准模式一样难受。好像从天上掉到地下，没摔死，但摔得头昏脑涨。于是我在现实空间里，把自己调整成经验模式。

我只能用笔来写。

在梦境里，我的家族是时空跃迁后形成的时空重叠，是时空弯曲后的引力波荡漾成的涟漪，后来飘浮成时空泡沫。

泡沫迸裂，落地重生，有了我们一家人。

㈥

天涯的尽头是风沙
红尘的故事叫牵挂
封刀隐没在寻常人家　东篱下
闲云　野鹤　古刹
快马在江湖里厮杀
无非是名跟利放不下
心中有江山的人岂能快意潇洒
我只求与你共华发

每当听周董唱《红尘客栈》时，我都想起笛卡儿“我思故我在”。是意识决定了存在吗？我们的生命是意识的周期循环吗？

于是，我吟诵起《如歌的行板》：

一定有些什么　是我所不能了解的
不然　草木怎么都会循序生长
而候鸟都能飞回故乡
一定有些什么　是我所无能为力的
不然　日与夜怎么交替得那样快
所有的时刻都已错过

忧伤蚀我心怀

㊆

遥远的地中海，塞纳河畔，海的女儿："要到天空的女儿那儿去呀!" 别的声音回答说："人鱼是没有不灭的灵魂的，而且永远也不会有这样的灵魂，除非她获得了一个凡人的爱情。"

别的声音又道："有很多下凡的仙女在古老的东方获得了爱情，你去那里试一试吧。也许在那里能得到爱情，能获得不灭的灵魂。"

小人鱼先去找大海深处的老巫婆。在深深的海底，住着海的巫婆。

小人鱼要去古老的东方寻找爱情，她要把她的鱼尾变成两条腿。

海的巫婆说："你是一个傻东西！不过，我美丽的公主，我还是会让你达到你的目的，因为这件事将会给你一个悲惨的结局。你想要去掉你的鱼尾，生出两个支柱，好叫你像人类一样能够行路。"

小人鱼把美丽的头发给了巫婆，从巫婆手里拿到了一包药。吃了这包药后，小人鱼的鱼尾，就会变成两条人腿。

小人鱼把这包药藏到身上，她要去东方古国，她喝下了它。

小人鱼游呀游，游呀游。忽然间，她的鱼尾又沉又重。她摆摆鱼尾，回过头。原来她的身后跟着一只龟。那只龟告诉她，她是芝诺的龟。跑得快的阿喀琉斯，也追不上她。

芝诺的龟跟在小人鱼的身后。她们俩，游啊游，游过了大西洋，游到了太平洋，游到了海天连接处。海天一色无纤尘，皎皎空中孤月轮。游到了天河口，她们在天河口找到了一个虫洞，藏到了虫洞里，她们太累了，她们睡着了。

芝诺的龟在睡梦中，蒙蒙眬眬中听到了带着哭音的歌谣：

迢迢牵牛星，皎皎河汉女。
纤纤擢素手，札札弄机杼。
终日不成章，泣涕零如雨。
河汉清且浅，相去复几许。
盈盈一水间，脉脉不得语。

那只芝诺的龟从虫洞里伸出头去看，她看到天上的仙女们在哭，泣涕零如雨地哭，泪如倾盆雨地哭。

她们在思念她们留在地球上的孩子，她们是仙女，她们下了凡尘，和人间的男子生下了孩子，她们又回到了天界。她们的孩子成了地上的留守儿童。她们在天上，听到了地球上的呜咽声一片，她们是妈妈，她们听到了孩子的哭声，她们在天界哭，和孩子们一应一和，同声唱和。

哭着哭着，公主坟的乌鸦来了，搭成了鹊桥。地上的爸爸挑着孩子来了，和在天上打工的妈妈，见了一面。然后，又披着老水牛爷爷的皮，去人间做留守儿童了。

芝诺的龟从西方游来，感到不解。怎么，在西方，只有爸爸是天上的仙，是天父，是神父。西方的妈妈是人间的，和这里的习俗不同。

她想着想着，想得脑仁生疼，想得睡着了。

她在半睡半醒中，被小人鱼推醒了。小人鱼说，她要去东方古国，去那里做一个有灵魂的人，要领着她一起去。

芝诺的龟表示了对小人鱼的感谢。她很高兴，她也想去东方古国看一看。

小人鱼告诉龟，天河连着汉水。从天河之水往下游，就是汉水之滨。那里有个文明古国，叫中国，叫大汉。龟点点头，表示听懂了，愿意跟着一起走。

龟衔着鱼的尾，她们一起出发了，她们游啊游，游进了汉水里，游进了有两千年历史的古襄阳城，游进了襄阳的楚侯府里。

龟恍恍惚惚记得，鱼喝下了大海里老巫婆给的毒药。可是那药，在穿越了时光的跋涉中，已经失效了。龟依稀记得，她停留在哥本哈根时，曾旁听过哥本哈根的会议。

你的回忆让我忘记了她

下午的我们相遇又分开

让我淹没在这沉默的海

未来的报应开始于现在

忘掉过去吧，海的女儿。

第二章　打伙店

㊀

在村子西边，矗立着一座坟墓，村里人都叫它皇冢子，是三国时一方诸侯刘表的坟墓。

刘表死在荆州刺史任上。当时荆州刺史治所在古襄阳城。刘表死后，出现了好几处疑冢。按母亲的说法是，皇帝佬都是有好几个冢子的。

据《襄阳府志》记载，刘表墓有三处，双沟赵寨、襄阳东门外、滚河南岸。襄阳东门外的刘表墓在民国二十四年被平毁，滚河南岸的刘表墓在抗日战争时被过路的国民党部队发掘，双沟赵寨的刘表墓还完好。

滚河南岸的刘表墓在我们村子西边的庄稼地里，大约在1943年被国民党部队的一个团长盗了。我的母亲当时是个五六岁的小孩，在盗墓现场看了好几天热闹。

母亲说，村子里所有的人都在看国民党的兵挖老坟。我觉得国民党的一个团，就好比曹操的摸金校尉部队一样。

挖出来好多金银珠宝。团长太太坐在村里李二牛家里，戴着一枚从墓里盗出的镶着翡翠珠子的戒指，笑得哈哈哈。

母亲说，那是个合葬墓，那里面的人骨架子好大好大，腿骨好长好长。母亲还说，坟墓里的水银多得很呀！墓里还有好多小铁桶，村里人每家都拿了一个墓里的小铁桶盛一桶水银，提到屋里头了。母亲说，用水银洗疥疮，能治好皮肤病。

我问母亲，那死人的骨头呢？母亲说，谁知道扔哪个旮旯里了。

接着母亲又说，这是个真皇冢子。棺材里套棺材，里面有人骨头。别处的皇冢子都是假皇冢子。

我长大后，看到史书记载，刘表除了是一方诸侯，还是一个天体物理学家，与当地学者共同写了《荆州占》。乡谚谣："一等风水观星斗，二等风水寻水口，三等风水满山走。"

当年刘表是看了星斗，找到我们村西作为墓地的。他在双沟赵寨的疑冢，和我们村西的真皇冢子，在航拍图上成一条直线。

得罪了这个天体物理学家的盗墓团长，摸金校尉，也没有什么好下场，因为有了大库存的金银珠宝，便放弃了团长的宝座，带着宝藏，一路南逃到了钟祥县，他的上司发现了他的盗墓行径，把他抓住击毙了，抢走了所有的墓中宝藏。

母亲说，我们村是有皇冢子的地，所以几千年来没下过雹子。

㈡

那个时候，村子旁边有一条大河，叫昆河，在《中国地名志》里有对昆河的记载。河流是城市的生命线，因为有大昆河，有大动脉，昆河滋养我们村子成为一座城池。

村子里有七十二口井，有花家地，花家地是我们村子三队的地，还有药家地，是四队的地。花家地是楚侯的花园，所以叫花家地；药家地是城里药铺掌柜的地，所以叫药家地。在村子西边有一条水渠，叫长渠。古时，那里叫作衙门口，是楚侯的衙门，是打官司的地方。村子里还有王莽赶刘秀时留下的两处遗址：“背君寺”和“扳倒井”。扳倒井的井台上留下了两千年的时空勒痕，青石板的井沿上有一道道绳索勒出来的深沟。我无数的祖辈都喝这口汉光武帝命名的井中水长大成人。

我们村子东西走向，通往昔日的衙门口，今天长渠的那条大街。据母亲说，古时叫作翠花街，住着不知亡国恨的商女。宋元战役，我们村子是古战场，翠花街的少女和元军合唱《喜春来》：“三十年的媳妇熬成婆哟，四十年的古道走成河。”

泰山曾作砺，沧海变桑田，河流改道了，昆河不停改道。乡民们把昆河叫作滚河了，家乡的乡亲已经忘记滚河原来是叫作昆河的。原来的昆河码头叫杨家大码头。

两千多年的时光捶打，杨家大码头，现在叫作杨坡村。

我们村子，这座原来的古城，现在叫作打伙村，和昔日的杨家大码头，现在的杨坡村相隔二百米。

大河流成小河道，大码头成了小村落，废城成了古村。

朱雀桥边野草花，乌衣巷口夕阳斜。

旧时王谢堂前燕，飞入寻常百姓家。

㊂

我们房后的李家，他们家最小的儿子李向是我的同学。他好像从来没感受过童年的幸福。他的妈每天都要和欺负他家的人吵架。他家的左邻居、右邻居、后邻居都因为想把鸡窝、猪棚盖在他家的宅基地上，找个碴儿和他们打架。他家有五个儿子，可因为是丹江口水库搬来的第一代移民，还是天天受气。我有革命觉悟的妈妈从来不去欺负别人。我看李向的作文里总是写梦想长大后当个乡长，就没人敢欺负他了。和他比起来，我的童年是那么幸福，除了因为穷，只能吃红薯。每天看到的是慈祥的、和蔼的、温柔的、善良的、花团锦簇的笑脸，数也数不清的笑脸。

五年级放暑假的夏天，我们每天晚上都聚集在舅舅家听舅舅说话。舅舅说他每天早上去东坡种地，到晌午路过东坡的氹上时，就看见一个穿红裤衩的鬼在跳舞，舅舅拿镢头打鬼，没打着，把鬼吓跑了。我听后很好奇，特别想看见鬼的模样。我专门在中午十二点去了东坡氹。六月六的大日头像白花花的月光，氹上没有一个人，我坐在氹上等鬼，等了一个小时，鬼没来。我悻悻地走了。

回到家我生气地问妈妈："我去找鬼，鬼为什么不出来，舅舅怎么能见到鬼呢？"妈妈说："你煞气太重，鬼神看见了你，都躲起来。舅舅看得见鬼，是鬼在给舅舅鞠躬。""那鬼为什么给舅舅鞠躬？""那是因为那个小鬼是舅舅的熟人，舅舅前生对他有恩，舅舅是个霸王爷。"我对妈妈的话似信非信。后来，我又花了两个大晌午去等鬼，依旧没看见鬼。

舅舅家院子的前方有一个石碾盘。姥爷一年四季把石碾盘清洗得白白净净。我四五岁时，经常在石碾盘上玩泥巴，就是找一坨土，土里兑上水，像和面一样和好。然后，把和好的泥做成一个泥碗，站起身，把泥碗从空中抛到碾盘上。泥碗落地时，会啪嗒一声，声音越大，表示泥碗做得越好。

如果几个小孩一起玩，谁的泥碗摔得声音最大，谁就是赢家。

我玩完了泥碗，就去爬碾盘旁边的国槐树。国槐树不粗，跟它左边的枣树比，显得细细瘦瘦。我叫这棵树小国槐哥哥。

小国槐哥哥细细瘦瘦，一使劲就爬上去了。爬上树后，我就躺在一个有三个枝丫的树枝上，假装睡着了。把眼睛闭上，我不敢真睡着。我担心，真睡着了，会从树上掉下来，摔下来虽然不会受伤，但会很痛的。

种树的大哥是有学问的人，他说，古代的王侯将相上早朝时，都站在这样的国槐树下，千字文里有“府罗将相，路侠槐卿”。国槐这种树，代表的是“人类中有学问的人”。

听了大哥的话，我爬树爬得更勤了。我觉得自己长大后能成为“人类中有学问的人”。

㊃

舅舅家的院子里，还有一棵大枣树，大枣树上绑着麻绳做的秋千。那秋千比舅舅家的房顶还要高，我从两三岁时就每天围着这棵大枣树打转。这棵大枣树在幼时我的眼里太粗了，我的小胳膊不能环抱。

于是，我在心里叫大枣树为婶婶。我叫她大枣树婶婶。

我每天都要荡秋千。我荡秋千时，表哥表姐推着我的后背，荡得越高，我越兴奋，一点也不害怕。当秋千高过舅舅家房顶时，我高兴得、幸福得哈哈地笑。

后来我上了小学，每天仍旧围着大枣树转圈圈，背《杨家岭的早晨》这篇课文给大枣树婶婶听。我觉得大枣树婶婶是我的长辈，她应该检查我的作业：

太阳刚刚升起。毛主席走出窑洞，来到他亲手耕种的地里。

毛主席一手扶着水桶，一手拿着瓢。瓢里的水缓缓地流到小苗上。

毛主席身边的小八路端着水，望着小苗笑。他好像在说：“小苗啊小苗，你喝了延河的水，长吧，快长吧！”

远处，八路军战士也在忙着挑水浇苗。

杨家岭的早晨，一片金色的阳光。

后来我长大了，我十岁了，我跟着每天说自己“腹内装有五车书”的农民大哥学会了苏轼的《浣溪沙》：

簌簌衣巾落枣花，村南村北响缫车。牛衣古柳卖黄瓜。

酒困路长惟欲睡，日高人渴漫思茶。敲门试问野人家。

以后，我自己又学会了杜甫的《又呈吴郎》。根据我所知道的我家的家史，杜甫是和我有血缘关系的亲人。我给大枣树婶婶背：

堂前扑枣任西邻，无食无儿一妇人。
不为困穷宁有此？只缘恐惧转须亲。
即防远客虽多事，便插疏篱却甚真。
已诉征求贫到骨，正思戎马泪盈巾。

后来，我们这些孩子成了成年人，离开了家乡，散落在祖国的角角落落谋生。我们这些嬉戏在大枣树婶婶周围的孩子离开了故乡，唱着《打工谣》离开了大枣树婶婶。

后来的我，因为生存能力不强，成了杜甫诗里无食的妇人。这时，我想起了儿时的大枣树婶婶。我给她背过杜甫的诗。

我打电话给舅舅。我问舅舅，舅舅说："那棵大枣树枯死了。"我们这群孩子走了，大枣树婶婶枯死了！

枣花儿落了，
大枣树婶婶枯死了。

我这个大枣树婶婶的孩子，
长大后，变成了一颗蒲公英的种子，
风吹到哪儿，
哪儿就是我的家。

枯死的大枣树，被舅舅以一百九十九元的价格卖掉了。

第三章　大桑树爷爷

住在淮河岸边的漂母
把投河自尽的
浣纱姑娘
捞起来
她们两个合二为一

我把赐人一饭的漂母
拉到二千年后
北京的别墅区
擦地 做饭 遛狗
我们三个合成一架
苦篱笆
挡住二千年后的苦难史
重谱新的篇章

月光下
秦汉转身
成了隋唐

月光下
浣纱女幻化
坐在淮河岸边
捶打纱裳

月光下
二千年后
一个六岁的小女孩
坐在煤油灯下
看《前汉演义》

灯光如豆
小女孩如精灵
她在史书里迷失了自己
分不清谁是我
我是谁

小女孩说
我站着等你二千年
我们在何处重聚

㊀

我们每天挑水的井，大家都叫它轮回井，轮回井边的是我的大桑树爷爷。

童年家里没有水果吃，我总要在夏天的大桑树下捡桑果。我们把桑葚叫作桑果，然后用一只小手揽着大桑树，围着大桑树转圈。记得那时我们书上有一篇课文叫《森林爷爷》，我就把这棵大树叫作大桑树爷爷。

每天我都给大桑树爷爷读书，就像大哥每天要让我们听他演说一样，我找不到人听我说话，便每天对着大桑树爷爷说话。每天放学了，我都来背课文给大桑树爷爷听，那时我反反复复给大桑树爷爷背《森林爷爷》和《植物妈妈有办法》，我先大声背《森林爷爷》：

古老的森林里有位森林爷爷。他是森林之王，常常跟制造灾害的妖魔做斗争。

风魔王来了。他带领着千军万马横冲直撞。森林爷爷和他的千万个子孙排得密密层层，好像铜墙铁壁。

风魔王大吼着：“谁敢阻挡我的大军前进，我就把他撕得粉碎！”森林爷爷站在阵前，威风凛凛地说：“魔鬼，你想跑来害人吗？快给我滚开！一步也不许你向前走！”

风魔王恼怒了，一面呼啸着，一面猛扑过来。他抓住森林爷爷的头狠命地摇，想把森林爷爷摔倒。森林爷爷的脚伸在很深很深的泥土里，任凭风魔王怎么摇，他还是稳稳地站着。风魔王急了，发疯似的往前冲，一连冲了好几回，怎么也冲不过来。风魔王的力气已经用完，他垂头丧气地败走了。

雨魔王来了。他把身子一抖，倾盆大雨下个不停。洪水从山谷里直冲下来，要冲垮堤岸。

雨魔王站在天空，骄傲地对森林爷爷说：“老东西，快投降吧！”森林爷爷沉着应战，他命令千万个子孙尽力吸水，用根把堤岸牢牢盘住。雨魔王毫无办法，只好乖乖地溜走了。

旱魔王来了。他拼命地把热箭射下来，想把江河湖海里的水都烤干，想把树木和庄稼都旱死。

森林爷爷一点儿也不着慌。他发动千万个子孙把地底下的水吸上来。水变成汽，散发到空中，又变成云，变成雨点落下来。旱魔王也失败了。

森林爷爷和他的子孙们，就这样战胜了制造灾害的三个妖魔。

我每天给大桑树爷爷背完了《森林爷爷》以后，歇一会儿，捡几个桑果吃，再接着给大桑树爷爷背《植物妈妈有办法》：

孩子如果已经长大，
就得告别妈妈，四海为家。
牛马有脚，鸟有翅膀，
植物旅行又用什么办法？

蒲公英妈妈准备了降落伞，
把它送给自己的娃娃。
只要有风轻轻吹过，
孩子们就乘着风纷纷出发。

苍耳妈妈有个好办法，
她给孩子穿上带刺的铠甲。
只要挂住动物的皮毛，
孩子们就能去田野、山洼。

豌豆妈妈更有办法，
她让豆荚晒在太阳底下。

啪的一声，豆荚炸开。

孩子们就蹦着跳着离开妈妈。

植物妈妈的办法有很多很多，

不信你就仔细观察。

那里有许许多多的知识，

粗心的小朋友却得不到它。

我每天放学后都给大桑树爷爷背这两篇课文。大桑树爷爷离我们家门口一百米，每天晚上的梦里，我都梦见我的灵魂从树里飘出，上升，大桑树爷爷这时候变成了一个叫催生的灵兽，他接住我的灵魂，轻轻地把它放在我的躯体里。大桑树爷爷慈祥地对我说："你是天顺公的后人，我会好好照顾你的。"可谁是天顺公呢？我记得我在阴曹地府里，也有人说我们是天顺公的后人，要给我们最强健的灵魂。我的脸上每天都写满困惑……

每天放学了，我都抱着大桑树爷爷，和他说话，问他好多问题。可大桑树爷爷只是静静坐着，他不回答我。他只是安详地注视着我，我知道他在默默地庇护着我。

我崇拜大桑树爷爷，他是我在植物界的祖父。

㈡

我们的妈妈像一个救苦救难的观音菩萨，她周围东倒西歪地躺着她要拯救的小鬼。妈妈的前世是谁呢？妈妈总是坐在地上哭泣，她前世作了孽。我善良的妈妈前世做了什么呢？我不知道，可我想知道。我抱着大桑树爷爷。我问大桑树爷爷。大桑树爷爷无语凝噎。

妈妈在村子里是威武的女王，在家里是所有人的奴仆。她每天要殷勤地伺候拉长着脸的爸爸，鞠躬如仪地给我的桂人大姐姐端三餐饭食。她对大哥哥、小哥哥、我和梅花姐姐娇惯得无边无际，村子里所有的人都羡慕我有一个地球上最好的妈妈。

我家的房子和舅舅家的房子紧挨着。妈妈和父亲是娃娃亲。外爷把我妈配给我的父亲是为了让妈妈照顾舅舅。妈妈一个人打理着我们家和舅舅家两家所有的外交事务。还好，妈妈有出色的管理能力，井井有条地打理着这一切。

我的妈妈就像一个被人不停用鞭子抽打的陀螺，她不能停下，她在不停地忙碌，不停地奔跑。她如果停下，地球就会停止转动。

㈢

妈妈长得不好看。黑色的皮肤，脸上颧骨高耸。我的舅母长得很美，倾国倾城之美，无法描述之美。我经常看着舅母的脸，看得目瞪口呆，然后回家，指着妈妈的脸指责她，你为什么长得难看，然后害了我，害我也长得难看了。

为什么我和妈妈说话时，是指着妈妈的鼻子说话。那是因为每晚做梦，我都梦见我在淮河岸边，用棒槌捶打着棉絮。我是那淮河岸边的漂母。

我是那淮河岸边的漂母，生死一知己，存亡两妇人。我和我的父亲形成量子纠缠。父亲、母亲、舅舅、舅母、大姐姐和我。当我们的肉体消亡以后，我们的灵魂，我们的脑电波，进入了云空间，浮在虫洞上。

虫洞里瞬间千年，当我们的灵魂进驻肉体时，经过排列组合，我们成了相亲相爱的一家人。

我是个高内存的智能机器，我的身体是硬件，DNA基因是自带软件，我的脑壳里下载的脑电波是光子，是一道光，是漂母的脑电波。我做了两生两世的劳动人民。

而妈妈，在我的梦境里，我依稀记得她做过一世帝王。

她和父亲、父亲和我是连环债、三角债的关系。

在童年，在上小学一年级时，报名还要报成分，我记得我的家庭出身是贫下中农。

我在梦境里，记得自己是个漂母。这也是贫下中农。而在梦境里，我的妈妈曾做过帝王，是封建社会的帝王，成分高。

我们小时候，打牌打的是“斗地主”。因为妈妈有一世成分不好，所以，我和妈妈说话用的是贫下中农斗地主的方式——用手指着妈妈的鼻子说话。

妈妈在前生差父亲的债，不差我的。但因为我和父亲有债务关系，我和父亲母亲成了一家人。

可我依稀记得，史书里有一饭千金的故事，父亲在前世不是报答给我了一千两黄金吗？为何我这辈子，还要找父亲还债？我这分明是死皮赖脸呀！

千年前，我用淮水漂洗丝絮，而今生，我又开始为你谱写诗篇。那个前世居住在淮阴岸边的漂母，是我轮回再轮回的心事。

千年前　我用汉隶　写下唐诗

而今生　我又开始　为你填写歌词

㊃

永远没有生死轮回的机会。我的孟婆汤洒了，我的梦也在这里戛然而止了。

我从生下来第一天就记得我的梦，所以我一直认为我从生下来就记事。在我还是婴儿时，我的妈妈抱着我、背着我到处参加各式各样、名目繁多的会。我从生下来就淹没在会议的海洋里。我的父亲在离我们村子二十里的东津镇上的拖拉机站上班。在我童年的记忆里，他不声不响地去上班，不声不响地回家，就是一个留不下痕迹的幽灵。妈妈不光当我们这个家的家长，她还当全村人的家长。她从十四岁开始做村干部，在她生我那年，她已做了二十二年。

童年的家里总是坐满了向妈妈诉苦的农妇，她们都是控诉儿子、儿媳的不孝，来向妈妈告状，让妈妈给她们解决问题的。我在控诉的哭喊声、会议的批斗声中，慢慢长大，度过了那段叫“文革”的岁月。

妈妈生了五个孩子，大哥乳名叫耕坡，没上一天学的妈妈还给大哥起了个官号叫范云。小哥乳名跟着大哥起叫镇坡，官号范飞。耕坡和镇坡本是父亲给两个儿子起的名，意思是大儿子种好地，小儿子管好地。镇坡，不光能管好自己家的地，还能当个生产队长，管好一个生产队的地。从我们的妈妈给她两个儿子起的名字可以看出她对他们怀有巨大的期盼，希望他们成为人中龙凤，能腾云驾雾。接下来是我们三个女孩，妈妈根据我们出生的月份很随意地起名字。大姐姐出生于八月叫桂人，二姐姐出生于腊月叫梅花，我叫菊人，是阴历九月生的。妈妈的意思是花开的时候，托生成人了。

童年里，还记得妈妈在家里难得没有村民的时候，坐在地上大声哭泣。

她坐在那里大声哭喊，我上辈子造了什么孽，一个憨妞子，一个跛妞子，我的上辈子做了什么坏事呀？她又哭又喊，边用双手握拳捶打自己前胸，边喊老天爷。

妈妈在哭我的两个姐姐。我的大姐姐范桂人生下来没几个月就得了脑膜炎，爱女如命的妈妈赶紧把大姐送到离家只有四十里的襄阳城的中心医院治病，可老天爷捉弄人，治好了病，大姐姐因年龄小，药物中毒傻了。因为人变傻了，连她原本俊美的模样也变难看了。二姐姐范梅花生下来一岁时发了一次烧，吃了退烧药后腿软了，原来是得了小儿麻痹症，瘸了。还算幸运的是我和两个哥哥都很健康，从不生病。

我的妈妈每天从早忙到晚，洗衣，做饭，照顾生病的两个姐姐，给两个姐姐端饭、递水。她不让我和我的两个哥哥做任何事，从不说我们一句，更不可能打我们一下。父亲对我们也很好，但他总是板着脸，面无表情地如机器人一样帮妈妈一点忙。

㊄

在我的记忆里，父亲的一生，一直用愧疚的眼神看着我，因为他不能赚钱，他为让儿女每天过苦日子而愧疚。

父亲是私塾先生的孙子。他的名字是祖父范文伦起的。祖父是村里的私塾先生。祖父给他的三个儿子，起名为范均江、范均海、范均洲。给他的八个孙子，用八个字命名："国恩家庆，仁义礼智"。父亲的名字是含有"礼"那个字的。

父亲叫范克礼，他对我很好。他有会上学的智商。1949年，解放时他十四岁，才让他上学，上了一年半小学，他就考上了襄阳城里的中学，那时，襄阳城总共只有两所中学，他考上了其中一所，比现在的高考要难多了。

但因为屋里头穷，他上了几年中学后，没钱上了，不能考大学，只能辍学去当兵。当上兵后，他在部队里考上了军校。

后来，父亲当了技术兵，是修飞机的理工男。

十年之后，他复员回家当了农民。

父亲只有会上学的智商，没有赚钱的智商。他在我二十几岁时，就离开了人间。

记得在我十五岁那一年，父亲在厨房边的空地上挖红薯窖，挖出了一个半圆形瓦当。父亲对我说这是文物，让我拿去卖钱，卖了钱，买件花衬衣穿。我高高兴兴地骑自行车去了襄阳县邮电局门口的文化市场。市场的人对我说，这是周朝的瓦当，然后给了我十元钱，买下了瓦当。

我用这十元钱，买了三斤瘦猪肉，高高兴兴地提着肉，骑着自行车回家了。

父亲走了，离开了人间。我经常想父亲。

㈥

那时的我，住在过去的楚侯府上，正中的银安宝殿的范家人，那个叫张毛狗的母亲生下了五个娃子。母亲虽没上过一天学，但她十四岁时当上了村官，是个有权力的人，有权力就有命名权。父亲是懦弱无能的人，不能当官的人，说话不算话，没有命名权。

父亲说他的五个孩子，两个孩子是天上的，在云中飞。三女儿在陆地上，四女儿和小女儿是海里的。

三女儿应该叫平平，是平地，是陆地。四女儿和小女儿是海里的，应该叫范波和范浪。

父亲虽然说话不算话，但一语成谶！四娃子的腿瘸了，小娃子的一生都在逐浪而歌，在浪尖上跳舞。

第四章　狗尾巴草

当孩子还是孩子
她白天躺在树上
晚上在瓜棚里数星星
河流是大海
小水坑是《长江之歌》里的长江

当孩子还是孩子
万物皆有灵魂
灵魂自由、平等
当孩子还是孩子
老桑树是她的爷爷
香椿树是她的奶奶
开紫花的泡桐树两小无猜
长蝴蝶状的豌豆花
是邻家的小妹妹

当我们还是孩子
大枣树是她们的婶婶
血红的鸡冠花是她们的大表姐
丁香花一样的姑娘
是她们的小姐姐
蓝紫色的婆婆纳花
是她寡言的大姐姐

当我们还是孩子
牛筋草是她们的大哥哥
门口的小国槐在做她们的小哥哥
父亲是表皮很凶的橡树
母亲是散发着榆荚香味的
村口的老榆树。

守望着每一个走出村子的孩子
她是谁呢
她是田埂上的狗尾巴草
在草房子读着
春风吹又生

㊀

童年的我在打伙村幸福地生活着，我画在胳膊上的表从不走动，是最幸福的时光信物。

除了我的傻大姐，我是家里上学最晚的。妈妈说我最小，让我晚点上学。我的小哥哥十三岁那年通过了当时和独木桥一样的高考，从我们襄阳最好的高中县一中考上了大专，师范毕业，是方圆几十里人人皆知的神童。也就是从六岁那年，我看到妈妈有了笑容。小哥哥的成就让妈妈笑了。小哥哥是我童年崇拜的偶像。大哥哥和小哥哥是同一年参加高考的，没考上。大哥哥准备复读。小哥哥接到通知书的那年暑假，大哥哥已每天在家复习。在我六岁的记忆里，大哥哥那时一天二十四小时地读着书。我没看见过他睡觉。夏天很热，他在复习的大方桌下面放了一个大水桶，他穿短裤，把脚放到水桶里。他还在大方桌上放了一把明晃晃的鞋锥子，大哥在夜里读书困倦时，就拿起鞋锥子猛刺自己的大腿，鲜血一直流到脚跟，于是睡意全无。鲜血引来了苍蝇和蚊子，但大哥毫不理会它们，任它们嗡嗡叫，任它们疯咬，大哥岿然不动，埋首功名。我可怜的大哥只有十六岁呀。

童年的记忆里，小哥哥总不在家里。他好像总在外面跑，总在外面蹭饭吃。我也从来没看见小哥哥拿起一本书看过。小哥哥和大哥哥形成了最鲜明的对比。原来会读书的人是从来不读书的。

大姐姐傻，不识字，不看书。小姐姐梅花天天看书，小姐姐看书从来都是躺着看，她非要躺在床上才看得下去。我从三四岁时就躺在小姐姐的身边跟着小姐姐一起看，不认识字，就看书里的画。到我上学那年，已可以懵懵懂懂地自己独立看小说了。

可家里所有人对我六岁能独立看小说的行为视而不见，见而无睹。他们人人都有自己的一脑门子官司。

㈡

表姐这几天放完鸭子都在看《聊斋》，我每天放学后都站在她身后看。有一个故事，我记得最清楚，这个故事是《大力将军》。

查伊璜是浙江人。清明那天他在野外的寺庙里饮酒。见大殿前有口古钟，比能装二石东西的瓮还大。钟的上下有带着土痕的手印，手印很乱，像新的。他感到奇怪，就俯下身从钟下往里窥视，只见里面放着一只能盛八升东西的竹筐，不知竹筐里装的是什么东西。他让几个人抠着钟耳，用力往上掀，钟纹丝不动。他越发感到惊奇，就坐下饮酒，等待那个往钟里藏东西的人。没过多久，有个乞丐进到庙中。他把讨到的干粮，堆放在钟下。他用一只手提起钟，一只手拿起干粮放入筐中，这样往返数次，才把食物装干净。装完东西，又把钟扣在地上才离去。过些时候，乞丐又回来，到钟下探取食物吃。吃完又去取，掀钟的动作轻巧得就像在开一只木匣子似的，在场的人都惊呆了。查伊璜问他："你为什么行乞？"他回答："我吃得多，没人雇用我。"查伊璜看他很健壮，就劝他从军。乞丐变了脸色，忧虑没有门路。查伊璜就把他带回来给他饭吃。估计他的饭量，大约顶五六个人。为他更换了衣服鞋子，又赠给他五十两银子做路费。

过了十多年，查伊璜的侄子在福建做县令。有一个叫吴六一的将军，忽然前来拜访。恳谈中，侄子问："伊璜是你的什么人？"回答说："他是我的老师，分别十年，我很想念，烦请转告先生光临寒舍。"查伊璜的侄子随口答应下来，自忖叔父是有名的贤人，哪里来的武弟子呢？正好查伊璜来到福建，侄子就把这件事告诉了查伊璜，查伊璜茫然而毫无记忆。因为吴将军问候得殷切，他就命仆人备马前往，到了门前递上名帖，吴将军赶紧出来，到大门外迎接。查伊璜看看他，根本不认识，暗自怀疑吴将军搞错了，而吴将军弯腰屈膝，越发恭敬。他毕恭毕敬地请客人进门。经过三四道门，查伊璜忽然见到有女子往来，知道这是内宅，就停下脚步站住了。

吴将军又拱手相让。一会儿来到了大堂之上，只见卷帘子的，摆放座位的，都是年轻的侍姬。落座以后，查伊璜正想询问，吴将军下颚微微一动，一个侍姬捧上朝服，吴将军立刻起身更衣，查伊璜不知他要干什么。众侍姬有的抻袖子，有的整理衣襟，侍候他穿戴好了。吴将军先命令几个人把查伊璜按在座位上，不让他动弹。然后向他下拜，就如同拜见君父一样。查伊璜大为惊讶，摸不着头脑。拜完了，吴将军换上便服在一旁陪坐，笑着说："先生不记得那个举钟的乞丐了吗？"查伊璜这才恍然大悟。一会儿，吴将军摆下丰盛的宴席，家中乐队在堂下演奏助兴。酒快喝完时，众侍姬站成一排侍候客人。吴将军到卧室，亲自为客人安排住宿后才离去。

查伊璜因为醉酒，第二天起身很迟，而吴将军已在门外问候多次了。查伊璜心里很不安，就向吴将军请辞想回去。吴将军下了查伊璜车轴的键，锁上门，把他关在宅中。查伊璜见吴将军每日里别无他事，只是在清点侍姬、婢女、差丁，以及骡马服用器具，督促登记造册，告诫不要遗漏。查伊璜觉得这是吴将军的家务事，所以没有深问。

一天，吴将军手拿册籍对查伊璜说："我之所以能有今天，全是因为您高厚的恩赐。一个婢女，一样器物，我都不敢独自据有，谨把其中一半奉送先生。”查伊璜怔住了，不肯接受。吴将军不听他的，拿出所藏白银数万两，也分成两份。按照册籍查点对照，古玩、床几，堂内外几乎摆放满了。查伊璜坚决制止他，吴将军置之不理。核对完婢女、仆人的姓名，立即命令男仆为查伊璜整治行装，女仆为他收拾器物，并嘱咐他们要好好侍奉查先生，众人诚惶诚恐地答应了。吴将军又亲自看着侍姬、婢女登上车，马夫牵上骡马，车子启动了，这才反身和查伊璜话别。

后来查伊璜因修《明史》一案，受到牵连入狱，最终得以赦免，全靠吴将军的鼎力营救。

异史氏说："给人丰厚的施舍而不问人家的姓名，的确有侠肠古道的大丈夫襟怀，而吴将军的报恩，慷慨豪爽，也是千古之下少见的。有这样的胸怀，自然不应老死于沟壑而默默无闻。由此可知，这两位贤人的相遇并非偶然。"

㊂

1984年，村子里有人买了黑白电视，我和青青表姐、梅花姐姐一起看正热播的《神雕侠侣》，里面讲的是郭靖、黄蓉、杨过、小龙女守襄阳的故事。那个故事是一个叫金庸的人写的，写的就是我的先祖天顺公。我隐约觉得金庸和查伊璜是有联系的，和我的先祖天顺公更有种神秘的联系。

小哥哥是家里最聪明的人，可我很少在家里看到他。大哥哥是家里读书最多的，我有事就问大哥哥。我在书上看到一句话：我们每一个人都是大军阀的后代。

我问大哥哥，我们的父系先祖、母系先祖都是谁，这些大军阀的名字叫什么？

大哥哥说："书上的话当不得真。不过，在古时，有能力的人才有繁衍后代的机会也的确是真的。"我们的奶奶姓周，因奶奶从不提她的祖上，我也弄不清楚。我们的曾祖母姓杜，是襄阳城里的人。曾祖母家的家谱记载他们是大将军杜预的后人，在唐代我们有一个先祖叫杜易简，所以杜甫和我们有血缘关系。我们的孟姓高祖母世世代代居住在打伙村，听高祖母说，他们是孟浩然的后人，孟浩然隐居的鹿门寺离我们打伙村只有三十里路。至于我们的外爷外婆，他们是从大槐树下迁过来的，从没听他们说过祖宗的事，大哥哥也搞不清楚。我们的父系先祖就是抗元英雄范天顺。说完这些，大哥哥顺手从他的藏书中拿出一本破了皮的书，说："我给你讲个老祖宗的故事。我用书上的话念，你可能听不懂，就假装听得懂吧。"

湖北襄阳人杜易简，大约是唐朝第一个因政治斗争而被贬开州，并死在开州的倒霉人物。杜易简本来也是一位少年才俊。《旧唐书》里说他九岁能文，年龄稍长，便“博学有高名”。他的姨兄岑文本又是当朝中书令，于是顺利考中进士，并担任了殿中侍御史之职。

到唐高宗咸亨四年，杜易简已官至考功员外郎。在他担任考官这一年的科举考试中，一共有七十九人进士及第。倘若杜易简在官场老是这么顺风顺水，想必就和开州无缘了。赶巧的是唐高宗李治身边冒出了那个被骆宾王骂作“狐媚偏能惑主”的武昭仪，在朝廷重臣许敬宗、李敬玄的鼓噪下跃跃欲试，一心想当皇后，而当朝宰相长孙无忌、褚遂良和吏部侍郎裴行简则坚决反对。杜易简很不幸站在了这些人一边，他不知道武则天当不当皇后原是皇上的家事，只有唐高宗本人说了才算，杜易简竟然写了一道奏书去弹劾李敬玄。

唐高宗李治龙颜大怒，不久就找了个“恶其朋党”的借口，下一道圣旨，将杜易简贬为开州司马。一帆风顺的杜易简哪里受过这等委屈，更没想到此事会惹恼了皇上，又急又气又怕，到开州不久就死掉了。

整个襄阳杜氏家族的官运总的来说是不畅的，杜易简遭此厄运原本不足为奇。他被后人津津乐道的主要还是他与唐朝的两大文曲星的关系。一位是杜甫，杜甫的祖父是初唐诗人杜审言，而杜审言则是杜易简的堂弟。另一位是王勃。《旧唐书》里说王勃六岁写文章便“构思无滞，词情英迈”，而第一个出来给神童戴高帽子的正是杜易简。杜易简是王勃父亲的挚友，他的口头表扬借用了《世说新语》中的谢安、谢玄把人才比作宝树的套话：“此王氏三株树也！”这句话显然给少年王勃留下了深刻印象，以至于后来才高八斗的王勃在《滕王阁序》里表达谦辞时突然想起了杜易简，就专门在后面加了一句，说自己“非谢家之宝树，接孟氏之芳邻”。

大哥念完了杜易简的故事后，便说我这个人太懒，从不帮妈做事。大哥也不喜欢干活，他只喜欢说话，吹牛，看书，可总在我面前摆出一副“大懒谲小懒”的样子支使我。北方人念的“骂”，我们襄阳人叫“谲”。这陡然给襄阳人增添了神秘感。我们襄阳人把打稻谷的谷场叫作道场，这给人感觉襄阳人都得道成仙了似的（编者注：可能是简作“稻场”）。

㈣

我童年最好的玩伴有两个，一个是我的梅花姐姐，还有一个是我的表姐青青。青青表姐属鸡，是舅舅的女儿，舅母在表姐前生了三个娃，都没养活。而在1969年的国庆节生了表姐青青，家里人高兴极了，说这个娃子生在这个承平盛世的国庆节当天，肯定能养活了。起名字叫青青，谐音庆，也镇镇邪气。

在我们这个男尊女卑的村子里，青青表姐的出生颠覆了人们的观念。她生下来受尽父母的宠爱，他们对她百般呵护，希望能把她养活了，再引来弟弟。青青表姐读了两年小学后，刚上到三年级，她的一个叫刘小香的同学不上学了，留在家喂猪，给哥哥攒彩礼钱。那时还没大包干，刘小香的爹妈只能挣工分，便不让女儿上学了，好给她哥挣钱。大家都觉得是理所当然。只恍恍惚惚记得那个年代，我们村里的每个孩子都是上得起学的，我的同龄人都是读得起书的。刘小香不上学后，每天都要到教室门口放猪，学校没有围墙，教室门口是一片空旷的大草地。表姐坐在教室里，看小香放猪特羡慕，便决定不读书了。

表姐向舅舅、舅母提出不上学后，便不上学了。舅舅和舅母都不善言辞，但他们两人也都威风凛凛，是令村里人嫉妒得眼睛发蓝的人。

舅母出奇的美，我这里有照片为证，看到她就让人想起三春之桃、九秋之菊。她比我那个成了大明星的族人漂亮多了。她的眼睛是干净的、纯洁的，没有大明星的眼睛里那么多的欲望。她每天很少说话，只是不停地做事，拥有如此颜值的舅母看起来如轻风拂细柳，让任何人看了都生怜悯之心。但她在村里却从来不会受任何男人的骚扰，这一切都是因为我的舅舅。我的舅舅高高大大，猛一看忠厚、木讷，可力气大得能挑山拔柳。在那几十年吃大锅饭、混工分的日子里，我们打伙村唯一的娱乐是看舅舅捏钳子。在干活休息的时候，大家一分一分地凑出钢镚，到大队供销社，买一个修拖拉机的钳子。那个年代，我们都是机械化作业，用拖拉机耕地的，所以供销社要有修拖拉机的钳子。买来沉甸甸的、粗壮的钳子后，大家便看着舅舅把钳子一点点捏断。我们村子里的人们，从不敢对我的比古代四大美人颜值还高的舅母生痴念愚想。

可力拔山兮的舅舅屡次把表姐送到学校，舅舅前脚送进去，表姐后脚就从学校里出来了。舅舅没有办法，看力气没有用了，就把在高中上复读班的大哥叫回来，让他劝表姐上学。在大哥十几岁的时候，大哥的能说还只限于我们几家亲戚知道，不像他成年后扬名方圆几十里。在我六七岁的记忆里，大哥说起话如黄河之水奔流到海，又如瓢泼大雨，把人浇得体无完肤。在我的童年，我和姐姐梅花、表姐青青无数次被大哥勒令当他的听众，大哥太喜欢说话了，他最喜欢做大演说家，可惜别人都不理他，更不听他说话。大哥听说舅舅让他劝表姐读书，高兴坏了，连夜跟着舅舅从二十里外的双沟高中赶回来了。回来的这个晚上，舅舅家的煤油灯亮了一夜，大哥还勒令我和梅花姐姐跟着听劝学。这一晚上，我在半梦半醒中，听完了从古到今的少年励志故事、草根逆袭故事；记住了“朝为田舍郎，暮登天子堂”等古训，使我有了良好的国学基础；记住了古今中外一半文化名人的人名，为以后看中外名著夯实了基础。我是边听边做梦的，我的梅花姐姐因为腿有毛病，胆子小，怕大哥，她一直睁大眼睛，做认真听讲状。她记住的肯定比我更多。这是我们两个陪读的情况。我们的主角表姐青青坐在堂屋中心，宛如稳坐八卦阵的蜘蛛。在八卦阵外围还有陪听的舅舅、舅母、外爷、外婆、她的大姑我的妈。表姐一直精神抖擞，挑衅地望着大哥，做出一副我就不听你的样子。大哥败阵了，可大哥还是很高兴的，他觉得自己的口才被人认可了。这一次失败的经历为他以后成功成为闻名方圆几十里的上访头头打下基础。天亮了，因穿布鞋走路太费鞋子，大哥脱下了鞋，光着脚，踩着露水走到二十里外的双沟高中埋头读书去了。

后来在表姐十二三岁时，我和表姐随意聊到她的辍学事件，问她为啥那么坚决地不上学。表姐说，一切只是因为她觉得她要说一句算一句，不能说了不上学后，别人劝了又去读，这样做会让人看不起。听了表姐的话，我自愧不如，我觉得表姐就是童话里字字千钧的女王，是评书里一言九鼎的皇太后，对比自己，我活得就像墙头草一样，东倒西歪的，是个毫无立场的人。我为自己脸红。

表姐不上学了，舅舅说她这么倔强，是因为没吃过苦，他要给表姐找点事做。可刚满九岁的表姐能做啥呢？思量来思量去，决定让表姐放鸭子。舅舅买了几百只鸭子，表姐每天赶着几百只鸭子，像率领着千军万马南征北战的大将军，像煞了威风凛凛的花木兰。在榜样的召唤下，我们的打伙小学又多了几个辍学的学生。打伙小学的秃校长生气地咬紧牙关，给小学校砌上了围墙，才及时刹住了辍学风。

秃校长姓李，因头上没头发，大家都叫他秃校长，秃校长有三个娃子，老大是丫头，叫颂梅，老二是我的同学，是个儿娃子，叫沐日，老三也是个儿娃子，叫浴月。每个名字都让人一听就知道这家人是书香之家，不像我的名字又土又难听。

秃校长的儿子李沐日和我在一个班，我们俩因同是书友，玩得很好。我小时候天天学梅花姐姐的样，摇头晃脑地吟诗。李沐日冒着挨打的风险，偷了他爸爸的《千家诗》送给我。我们小学五年都是同学。有一次，我看一本胡适写的书，我忘了书的名字，但书里有胡适的照片，和李沐日长得很像。我诧异，把那本书拿给李沐日看，他也觉得惊讶。后来，小学毕业后，我就再也没有见过他。

㊄

小学的时候，我上课时从来没听过老师在讲什么，总是眼睛望着窗外发呆，一个人胡思乱想。不过我学习成绩很好，每次都考第一，主要是因为已看过很多小说，能很轻松地理解课本上的知识。放学回家了，我和青青表姐、梅花姐姐玩。表姐长得像藕塘里的红莲花，像花园里带刺的红玫瑰，她的眼睛像月亮，脖子如仙鹤的脖子，双眉入鬓。读过《红楼梦》的人，看到她就会想起王熙凤。青青表姐和我的梅花姐姐是形色各异的人。看到梅花姐姐就让人想起雨巷里的丁香花，想到月光下的白梨花，想到被弱风刮倒的细柳。

美丽的表姐爱看小说，自有村里很多的年轻小伙子献媚，主动借书给她看，她能搜罗到很多小说。每天她放完鸭子后，便坐着看小说，我站在她身后看。我一直觉得她看得慢，每次我看完一页了，便要耐心等待她翻页，看下一页，那时候我觉得那是最漫长的等待。

幸运的是梅花姐姐看书快，梅花姐姐躺在床上看书时，我就躺在她身边和她一起看。

大哥哥复读了一年，差两分就够到分数线了，他决定不再复读了。他说家里太穷，他不好意思读了，因为他是有良心的人。他又滔滔不绝讲了以后的打算，要像族人范仲淹一样，要像乡邻孟浩然一样，边耕地边写作。

㊅

我每天在家门口的打伙小学上学，放学。青青表姐每天做“鸭司令”。我的梅花姐姐考到离家二十五里路的东津镇中学去读书去了。这个学校是重点中学，每个村都只有一两个人考上。梅花姐姐会读书，考上了。梅花姐姐每个星期天才能回来，一个来回五十里路。梅花姐姐的腿是瘸的，当时梅花姐姐只有十一岁，她就这样一瘸一拐地走这五十里路。那个时候，我们这一代农村的娃子都很坚强，在我们的词典里好像从来没有娇羞、娇弱、娇滴滴这种词汇。

梅花姐姐每个星期回来时都带着一本书，那本书是《鱼幼薇诗集》。她每个星期都要坐在苦楝树下读这本诗集，三十年后，我还记得她在读诗时，脸上奇幻的光芒。那时，她总是从《江陵愁望有寄》开始读。

枫叶千枝复万枝，江桥掩映暮帆迟。
忆君心似西江水，日夜东流无歇时。

小时候的我，每晚都在做梦。梦里，有个叫温庭筠的人，给小姐姐画素描。画完了素描，赋词一首：

梳洗罢，独倚望江楼。
过尽千帆皆不是，斜晖脉脉水悠悠。
肠断白蘋洲。

小姐姐靠在望江楼上写诗：

江南江北愁望，相思相忆空吟。
鸳鸯暖卧沙浦，鸂鶒闲飞橘林。
烟里歌声隐隐，渡头月色沈沈。
含情咫尺千里，况听家家远砧。

依稀记得，温庭筠在襄阳为官，和李子安、段成式酒桌上豪饮，把酒赋诗，幼薇作陪。李子安、段成式对鱼幼薇一见钟情。

段成式把爱情藏在了灵魂里，在灵魂里爱了千年，藏了千年。

㊆

小姐姐每次回来都会告诉我新鲜事情。小姐姐这次回家告诉我，她的班主任尤俊老师送给她厚厚一摞稿纸。我说："送你稿纸干吗呀？"姐姐说："我的诗写得太好了，班上同学人人传抄，一时间，我班上洛阳纸贵了。所以老师让我寄到《诗刊》发表。"我说："那你发表吧。那样，我们家就是诗人之家了，我就是诗人的妹妹。"姐姐不屑地看了我一眼，说："我要做莫泊桑，三十多岁之前不发表任何作品的。要不鸣则已，一鸣惊人。"她说话的样子让我电光石火地忽然想到了大哥的样子，觉得不是好兆头。

我少年时，看过小姐姐的诗，她写得极好，每首诗都带着鬼气、巫气、仙气。对于一个从六岁开始在床上看书长大的人，我自觉有足够的自信能分辨文学作品的好坏，只是不屑做文学批评家罢了。后来，我在成年后听到作家二月河发表了和我一样的看法，即每一个读者都有一个强大的感官能明辨作品的好坏。

可我年少的小姐姐却能抵抗住做诗人的诱惑，拒绝做名人，这让我拜服。是不是她前生的隐忧让她不敢出名，让她恐惧名声？我也想，也回忆催生灵兽托给我的梦。

小姐姐高中毕业了，她的两个好朋友刚够高考的分数线，上了襄阳最差的一所大专。小姐姐离高考分数线差了两分。本来小姐姐考上大学是没一点问题的，可这害人的分数不早不晚就在高考时差那两分，把小姐姐害苦了。

妈妈想让小姐姐复读，考个好大学。大哥不让。在我家里，母系社会向父系社会过渡的过程中，大哥这个父系社会的老大战胜了母系社会中的母亲。有时，我就在想，我的大哥为什么这么冷酷无情？我找来他前生的传记，看完之后，我明白了大哥为何冷酷到底。可我依然有未解之谜，那就是大哥为什么来我家，母亲为什么要给大哥赎罪。

小姐姐不能复读上大学，可小姐姐那丁香花一样的身材肯定也干不了地里活。这时候，牛人小哥哥出来救场了。小哥哥把小姐姐安排到西楚霸王横刀立马的霸王山脚下，在霸王中学教书。我和小姐姐都与霸王有缘。

㈧

和她的诗一样，小姐姐身上充满了巫气、灵气。记得放暑假，我们一起看电视剧《围城》。小姐姐看完一集后，说："钱锺书先生和杨绛先生除了对演唐晓芙这个演员不满之外，对别的演员都称赞。"我觉得姐姐说得没错。可我不明白的是，姐姐怎么知道钱锺书先生和杨绛先生是这样想的。

小哥哥说他最崇拜的人是戴笠。小哥哥自诩自己的眼睛好得如测谎仪，一眼就能直指人心，看穿人的内心。小哥哥说他最想做的职业是到公安局做刑侦员，可惜不如愿。他很生气地做了迂腐的中学老师。很快，因他有读心术，他不教书了，做了管老师的官。

小姐姐，有巫气的小姐姐，在小哥哥说完这番话的第二天，就背了一首歌谣给我听："君乘车，我戴笠，他日相逢下车揖。君担簦，我跨马，他日相逢为君下。"小姐姐说："戴笠的名字就是根据这首古越谣歌起的。"小姐姐说这首歌谣里有对友谊、对平等的向往。

一眨眼，三十年过去了，我现在总是回想起大哥哥和小哥哥的平时。他们过年醉酒后，大哥哥总说他要做个中纪委书记，要时时御史在途，杀尽贪官污吏。小哥哥表示要做国家总理，要让国家富强。

可是，我的童年终究远去了，所有的过往也消失了。

第五章　机故人

㊀

我们襄阳人经常用的一个形容词叫“机故”。上学成绩好叫“机故”；会说话，会看眼色也叫“机故”。我翻了大词典，机故，乃机灵世故之意。我认为襄阳人发明的这个词，是襄阳最好的词汇，一个词包罗万象。

童年时，梅花姐姐说她课本上的一篇课文很好听，要教给我，并让我背下来。她每天放学后就在堂屋里拿根棍子假装当老师，让我坐在小板凳上。她一字一句教我读《贫农张大爷》这篇课文。于是乎，每天放学后，我都和梅花姐姐一唱一和地读：

贫农张大爷，手上有块疤，
大爷告诉我，这是仇恨疤。
过去受剥削，扛活地主家。
地主心肠硬，把我当牛马。
三顿糠菜粥，哪能吃饱呀?
干着牛马活，常挨皮鞭打，
年底要工钱，地主破口骂。
我怒火高万丈，一拳打倒他。
地主嗷嗷叫，狗腿子把我抓，
砍伤我的手，留下这块疤。

救星毛主席，派来解放军，
打倒狗地主，穷人翻了身。
听完大爷话，我把决心下，
阶级仇和恨，牢牢记住它。

我学了两个星期，只能背《贫农张大爷》的前四句。

我的桂人大姐姐每天坐在门口的苦楝树下。记得那时候正是清明节气，清明节的风，吹开了桐花，吹醒了麦花，连柳花也跟着信风飘舞了。我的桂人姐姐居然在清明节那天，把有一百四十多个字的《贫农张大爷》一字不漏地背下来了。我们家里的每一个人都高兴坏了，以为大姐姐不傻了，变成正常人了。我记得书上说，这个节日我们国家叫清明节，外国人则有个复活节。为了让别人觉得我有学问，我对村里的每一个人说，我桂人姐姐在清明节这天变成机故人了，就像在复活节复活了一样。然后，我又向每一个询问复活节是什么东西的人解释一遍“复活节”。

可让人没想到的是，桂人姐姐除了背《贫农张大爷》，就不能背别的了。小姐姐再接再厉地教她背白居易的《草》，教了几十遍也学不会。而且桂人姐姐像勤劳的敲木鱼的和尚一样，从早到晚不停地说：“贫农张大爷，手上有块疤。”后来家里人都像厌烦祥林嫂一样让她住嘴，也没人相信她变机故了。桂人姐姐是一个会背“有块疤”的大傻子。

㊁

古希腊哲学家柏拉图说：“人是无毛、双足直立行走的动物。”

钱锺书先生在《围城》的序言里也提到了人是无毛、双足的动物。

当代青年作家宋小词用“直立行走”为自己的小说命名。

人是简单的。

想象力，无所不能的想象力可以创造出一个世界。

我的大姐姐生于1968年，生下来五个月后发了一场高烧，及时送到医院治疗，但她仍然傻了。傻了后，两只眼睛变成了斜眼，四肢僵硬。稍微大点后，手不会盛饭，更不能写字，所以没上一天学。

大姐姐的头发，在八岁之前，浓密，乌黑。在八岁之后，一根根地掉落，最后，头上的毛发全部掉落，成了秃子。最后，连眉毛也掉光了。

父亲、母亲经常在清晨，迎着曙光一遍遍拿生姜给大姐姐擦拭头皮，希望姐姐能长出头发。

他们给大姐姐擦了很多年头皮，大姐姐依然没长出头发。

我亲爱的大姐姐成了秃子，可她无师自通地每天在堂屋里来回走动，背诵一遍一百四十多字的小学课文。大姐姐活到二十岁，死于又一次高烧。

大姐姐二十年的生命里，仅仅能背诵那篇叫《贫农张大爷》的小学课文。

我上小学二年级时，种地的大哥买了一套林汉达先生的《上下五千年》。农村没有图书馆，我看完了一遍《上下五千年》，为了打发时间，再看一遍。把一套崭新的《上下五千年》，看成了卷毛脏书。

后来，大姐姐离开了人间。那年，我十五岁。在深夜时，想起大姐姐，我无数次谴责自己。我没对大姐姐不好，但我对她异常冷漠，我对不起我的大姐姐。

想着，想着，我想到了《上下五千年》的历史故事，想到了我看到的数学类科普书。

数学是宇宙的语言。人类社会活动和社会现象中，很多地方都呈现出相似性，这就是社会分形。人类社会是上帝的指纹，一次次蘸着红印泥重复按下不重复的手印。万物皆复数。

我轻唱　故事都一样
你远走他乡
缘分竟然　剩鱼雁　往返
轻唱　故事都一样
徒留我　在北方
……
荒村山腰几道弯
牵一匹瘦马　走山
云堆了　千层浪
我不忍回头看
转身　抖落后的　是沧桑

㊂

母亲的脑容量内存小，记不住晚上做梦时去过的四维空间。

而我的脑容量大，应该属于高配简装的智能机器人，我记得我每晚上做的梦。

在梦里，我清清楚楚记得大姐姐的前生。

在梦里，大姐姐被做成人彘，被封为厕神。

大姐姐的一生，只有三分天注定，没有七分靠打拼。

大姐姐的一生只有天意，没有产生海森堡的不确定性。

大姐姐傻了后，她用二十年的时间精确地演绎了戚夫人临死前的几天。她的四肢是僵硬的，不能做简单的家务。她在教室坐了几天，便不坐了。因为手提不了笔，上不了学。

大姐姐的两个哥哥都是能人。大哥哥每天说自己腹内装有五车书，只要把自己的大腿一拍，就能说上一天一夜。

小哥哥是神童，脸长得如男版的山口百惠。他八岁，能背一部《水浒传》，每天晚上在家里开书场。

大哥哥比大姐姐大五岁，小哥哥比大姐姐大三岁，大姐姐比我大五岁。

大姐姐因为傻，语言能力差，在八岁之前只能说简单词语。八岁那年，她不会背“锄禾日当午”，不会背“离离原上草”这种家里的孩子耳熟能详的古诗。她除了会说几个简单词语外，便在村里走来走去地背“手上有块疤”。因为父亲、母亲在村里是有面子的人，村里的孩子们没有围着她起哄。小孩子是远比大人还势利的，因为他们的求生能力比大人弱，要活下去的生存本能，使他们比大人还势利。

我在少年时，做了小学老师。有一次，我打一个不会背诵课文的孩子，把他的手打肿了。猛然间，电光火石般我想起了我的大姐姐，我的智障姐姐能背诵一百四十多字的《贫农张大爷》，想着想着，我毛骨悚然，头皮发紧。

大姐姐在我十五岁那年离开了人间。

大姐姐死了，我经常想起大姐姐，她活着的时候，我对她冷漠，是没来由的冷漠。我在潜意识里觉得，大姐姐是傻子，有傻姐姐丢人，所以要对她冷漠。

大姐姐死了，神童小哥哥哭了。小哥哥说，有一次，母亲让他去干伯伯老杜家里吃场合（酒席），大姐姐拽着小哥哥的衣襟要跟着去，小哥哥嫌大妹妹是傻子，不带她去，推开了自己的大妹妹。小哥哥当时是不懂事的小孩，没有道德问题，可还是遭了天谴，即便是神童，只要赌博就输钱。

我没有对大姐姐做过什么，可我一直对大姐姐冷漠。后来我的人生颠沛流离，我认为这都是我对大姐姐不好犯的错。我活该。时光能倒流吗？我还能弥补吗？

第六章　流浪的第欧根尼

梦想是只有年轻人才能高举的火把
火把会随着年龄的原因
慢慢熄灭
芭蕉 也随着时间的流逝成灰烬

什么虚名浮利
都是虚幻
太阳升起，太阳落下
太阳照常升起
我们活着，我们挣扎
我们照常活着

㊀

幸福的童年并不因胳膊上用蓝色圆珠笔画的手表不转而停住。童年和我说了再见。

十二岁那年的暑假，大桑树爷爷没有了。村里一个黑脸的人把大桑树爷爷从根锯掉，做了犁地的耙。

我哭着找妈妈，问她为什么不拦着。妈妈说，那个桑树是个野树，不是谁家的，不知道是哪朝哪代的，是从一颗树籽长成大树的。李黑脸要锯树，谁也拿他没办法。你爸爸因为李黑脸锯了这棵树，还气病了。我看见我的爸爸那几天脸色苍白。

我每天晚上都抱着大桑树爷爷的树根哭泣。我给他背《森林爷爷》《植物妈妈有办法》，“我亲爱的大桑树爷爷，没有了您，我怎么活下去呀？”

锯树的李黑脸在做好了桑木耙后，得了慢性疾病而逝。

可不管怎么样，我的大桑树爷爷消失了。没有了大桑树爷爷，我每天还能搂抱着谁？每天晚上也没有大桑树爷爷轻抚我的灵魂了，我每天对着树根哭泣，我的大桑树爷爷，我的亲人。那个栖身于大桑树爷爷身上催生的灵兽现在又栖居到哪里去了？我不知道，我只知道我的大桑树爷爷没了，我还能抱着谁哭泣，抱着谁欢笑？一切都没有了。

大桑树爷爷告诉了我，我的亲人们的灵魂都是谁的轮回，可独独没有告诉我，我的灵魂是谁。大桑树爷爷走了，也带走了我的灵魂，我要寻找灵魂，我要把我的魂灵找回来，我要找到大桑树爷爷，问个清楚。

㊁

我没有一分钱，但对于一个每天躺在床上看知青文学长大的人来说，这都不叫事。在知青对他们自己经历的叙述里，有无数个逃票攻略、混饭攻略。后来，我看到这些知青老了，他们在天安门广场跳广场舞，我晓得，这些对他们来说，都不叫事。在他们的生命里缺少爱，没有规矩。

在一个月黑风高的晚上，我和所有的家人不辞而别。十二岁的我踏上迢迢的寻魂旅途。离我家两里路有个大车站叫朱坡火车站。我知道，如果我从那里坐火车，我会被母亲马上揪回家。我决定在那个月黑风高的夜里，走到离我家二十五里路的刘家集火车站，这样母亲就找不到我。我从刘家集火车站坐火车南下寻觅催生灵兽的栖身之地。

在那个夏日的晚上，我从杨坡村走上了铁路轨道，步行到二十五里外的刘家集火车站，并夜宿在车站。早上六点，火车来了，我顺利地南下觅魂。

我按照知青文学上的逃票攻略顺利南下，那趟火车的终点站叫柳州。于是我来到了柳州。

在那个炎热的夏日，我穿着好久没换、散发着臭味的衣服下了火车，行走在火车站前的大街上。

我的肚子饿得咕咕叫，我在想，我用知青攻略中的哪种方法去混饭吃呀？这时，我的第六感让我觉察到有人跟着我。回头一看，是个和我差不多大的男孩，天然卷的黑发，浓眉直鼻，红唇，眼睛亮如星，就是衣服脏兮兮的。他看见我发现他了，咧嘴一笑，露出雪白雪白的牙，对我说："小妹，你怎么这样了，是不是和我一样的人？"我认真地观察了他的脸。他的脸上并没有文学作品中所描述的骗子、嫖客、人贩子的特征。可能也是因为年龄的原因，这些坏人的脸部特征还没在他的脸上展开。接着，男孩子又说话了："我请你吃饭吧，我看你是个和我一样的人，是刚来柳州站混饭吃的吧。"

他买了两盒盒饭，我们坐在马路牙子上边吃边聊。他用自豪的语气告诉我，他是火车站的小偷，今年十二岁了。他一点不觉得小偷这个词丢人，他豪迈得像告诉我他是警察一样。他说他一眼就发现了我也是流浪儿。我没法向他解释我是来找大桑树爷爷附体灵魂的，便表示赞同。他马上要帮我找个事儿干。他问我会偷东西吗？我表示不会。他说可以教我。我表示不愿意干这样的活。我问他叫什么名字。他告诉我，他叫莫阿蓝。以后就叫他阿蓝好了。

他说，你不愿做小偷，那我帮你找个活干。明天再找吧，天快黑了。晚上，我们在火车站候车室过夜吧。还好是炎热的夏天，晚上睡在冰凉的水磨石地板上，很凉快。

第二天，阿蓝用他偷的钱，帮我买了一套干净的衣服，我在火车站的厕所里洗干净了脸，换上干净的衣服。阿蓝帮我在火车站附近的早点摊上找了个干杂工的活，管吃住，一个月给五十元。

阿蓝经常来找我玩，他从不问我什么。我问阿蓝，为什么在火车站做小偷呀，干吗不做别的活？我普通话说得很好，他的南方普通话我听着很别扭，但我又不能改变他的口音，只好强忍着，静静听他讲他的故事。

莫阿蓝家住柳州城外一百里的一个小村子里。他说他的爸爸坐了牢，村子里说他爸爸是“政治犯”。我对莫阿蓝肃然起敬，我经常听到“政治犯”这个词，可从没在实际生活中遇到过“政治犯”，原来莫阿蓝的爸爸竟然就是。莫阿蓝爸爸坐牢后，他的妈妈到处去申诉，后来，不知怎么成了精神病，然后自己走丢了。我盯着莫阿蓝的脸，心想莫阿蓝的妈妈肯定是绝色大美女。她在外面受了什么气，气成了精神病。他接着对我说，他要找妈妈，就出来流浪，他还有三个妹妹，和他一起找妈妈、流浪。后来，为了偷东西、讨饭方便，他们分头去讨，走散了。他在柳州，再也没看见他的三个妹妹。他最小的妹妹六岁了，他很想他的妹妹。所以，当他看见我时，就愿意帮我。

阿蓝问我为啥在外流浪，我把大桑树爷爷的事告诉了他，并告诉他，我要找到在大桑树爷爷身上居住的催生灵兽。阿蓝告诉我，到冬天时，柳州冷了，他领我去广东新会找，那里有好多好多的树王。我对阿蓝由衷钦佩，我只听说过新会陈皮，就觉得自己学富五车，才华横溢。我还没听说过新会的树王。

我在早点摊上做杂工，那是我少年记忆中最黑暗的时候。我有地球上最好的妈妈，她什么都不让我做。我笨得手指僵硬，可现在每天要洗碗、端盘子、洗菜，我每天都要接受老板无数次的斥责，他说我小姐的身子丫鬟的命。我伸手，他就说我的手像僵尸。老板两口子坚决要辞退我，阿蓝也见识了我僵尸手的笨拙，说我这样笨的人做不了小偷，只有聪明人才能做小偷。他找来柳州火车站小偷行业的老大，威胁了早点摊老板，我才能继续在早点摊混饭吃。

阿蓝每天早上，都来早点摊看我做事，有时，还帮我做。他从不吃馄饨和粥，所有冒着热气的糊状物都不吃。我问他为什么，他说，他的身体吃不消。我感觉崩溃。

晚上，阿蓝又在月光下，和我并肩坐在马路牙子上聊天。阿蓝说，他一看见冒着热气的东西，鼻子就疼，更不可能吃。他在火车站偷东西，被警察抓住了，那个警察把两根燃烧的香烟，有红色火苗的那头，塞到他的鼻子里。以后，他就落了病根，看见有热气的东西，鼻子就冒汗，疼得难受。

阿蓝平静地叙述着。我在心里想，我过去每天啃红薯，听大哥哥吹牛，躲床上看书的日子都是天堂。我想我的妈妈，不知打伙村家里的人现在怎么样了。爱我的妈妈，连一根草也不让我拈起的妈妈，还有我的梅花姐姐、青青表姐、神童小哥哥、吹牛皮的大哥哥、拉长脸的爸爸，都还好吗？我好想他们。

想起我十一岁的暑假，每天夕阳西下，青青表姐放完鸭子回来，就喊我和梅花姐姐到地里寻夏枯草，好卖钱。青青表姐穿着惨紫色的上衣，走在中间，我和梅花姐姐一左一右两边。青青表姐有一米六五，我和梅花姐姐都只有一米五。表姐像一个领着侍女出巡的公主。地里没收工的人，都停下手里的活儿，看着我们说，看人家屋里的三个娘娃子，好好看呀。我的心里得意极了，便大声吟诵《陌上桑》：

日出东南隅，照我秦氏楼。秦氏有好女，自名为罗敷。罗敷喜蚕桑，采桑城南隅。青丝为笼系，桂枝为笼钩。头上倭堕髻，耳中明月珠。缃绮为下裙，紫绮为上襦。行者见罗敷，下担捋髭须。少年见罗敷，脱帽著帩头。耕者忘其犁，锄者忘其锄。来归相怨怒，但坐观罗敷。

这是去年的事，现在想起来，恍如隔世，恍如云烟，我好想她们。

我的梅花姐姐的腿，在她十二岁时开了刀，做了小儿麻痹症矫治手术。因为手术后失血过多，却没有营养品吃，只能啃红薯，梅花姐姐的脸一直惨白无血色，还有些许营养不良的雀斑，现在姐姐的脸色好些了吗？我好想我的梅花姐姐，她每天晚上读古诗给我听。还有我的大姐姐，肯定还像以前一样，每天坐在门口背《贫农张大爷》吧。我的两个可爱的姐姐。

一眨眼，我在柳州待了三个月了。我觉得我实在是坚持不下去了。可阿蓝坚决地挽留我，他说，他再偷些钱就领我去新会找树王了；他说，他每天晚上都来陪我聊天，我就不会想家人；他说，他也想他的爸爸、妈妈和三个妹妹，可他不知道他们在哪里，他好羡慕我，我知道我的家人在哪里。

四个月过去了，天凉了，从没干过活的我，因天天接触凉水，手脱皮了，还长了冻疮。我告诉阿蓝，我受不了这份苦，我一定要走了，我也不找催生灵兽了。这日子太苦了。

阿蓝看我去意已决，没有留我。我拿着老板给我的一点工钱，提着阿蓝买给我的柳州特产，有里高青花梨、融水糯米柚、融安金橘、云片糕、柳城牛腊巴、融水香鸭，按照知青逃票攻略混上了回家的绿皮火车。阿蓝把他攒了好几个月的偷来的钱，都给我买了好吃的。本来，那些钱是用来领着我去新会的，我不去新会了，他把那些钱全给我买吃的了。我对不起阿蓝，对我那么好的阿蓝。我再也见不到他了。再见，阿蓝。

我坐在火车上，我虽然告别了地狱般洗碗的日子，可我也没有了每天陪我坐在马路牙子上聊天的阿蓝。还有，回家以后怎么办呢？我不知道，我头痛了。

㊂

我提着莫阿蓝给我的柳州特产回家了，在这四个月里，我妈妈的一头乌发变白了。她说她四个月没有合过眼，已变得皮包骨头了。大哥哥还是老样子，他没有说话，但我感觉得到，他觉得我丢了他的脸。大姐姐桂人照常在门口背“有块疤”。只有小姐姐和表姐青青欢天喜地。她们又有了玩伴呢。

我从小就在书上学到很多社会经验，知道男尊女卑、贞节牌坊这些知识。我所做的离家出走这件事，在农村相当于洗不干净的私奔，而且还关系到以后的前程，在这方圆几十里是嫁不出去的。

我身上还有数不清的缺点，比如我的手笨得像传说中的僵尸鬼的手，拿筷子都不灵活。我所认识的人里面，只有李沐日有我这么笨的手。我的表姐青青厉害得像是个全能之人。文能赋诗，不过写得很难看，武能干全套农活，还会放鸭子。妈妈唉声叹气，说我这个样子了，不能上学了。可家里穷成这样，如果我待在家里做不了事，大哥大嫂会有意见。我的大哥因为决定当农民了，当平凡的人了，便找了个嫂子结婚。虽然，我们家因为大哥的糟蹋，是村里最穷的人家，但因为有在外威风凛凛、名震八方的妈妈，大哥很容易地找了个漂亮的老婆。

在我离家出走的那年冬天，妈妈操心起我的前程。

这时候，家里的另一个牛人出场了，我的神童小哥哥早就读完了大专，分在一个中学教书。小哥哥成功继承了妈妈为人处世的全套衣钵，已当上了学校的教导主任。小哥哥说能给我找一份到小学当民办教师的工作，家里的人欢天喜地，可有打发我的地方了。

第七章　跑马岗

塘里的鱼知道外面的天地有人吗？

古井里的千年龟怎样想象井外的世界

池塘里的鱼怎样观察它们周围的世界

鱼的世界和龟的世界？

它们的世界和人的世界一样

在水底的鱼群中可能有一些科学家

对那些提出异议，说在鱼塘之外还

有另外一个世界的鱼冷嘲热讽

鱼池就是一切

鱼池之外的世界没有意义

㊀

家里人都知道这是我能干好的工作。我从生下来，就浸泡在家人语言的海洋里，听妈开会发言，听大哥演说，梅花姐姐每天读故事，桂人姐姐每天在门口背《贫农张大爷》。教书是用嘴皮子干活，我能无师自通地干好。

我们本村的人和附近村里的人，对幼年的我当老师也没有意见，因为我们家里现在就出了三个人人艳羡的牛人。没读过一天书的母亲从小因为热心为人排解纠纷，在十四岁时当上了村官；神童小哥哥从千军万马的高考独木桥上蹦过去了；每天拉长脸不说话的父亲记忆力好得很，能记得清几十年前某月某日某时发生的事。他的脑子有照相机的记忆，还有电脑的扫描功能。

父亲小时候因为家里穷读不起书，等到解放了，十四岁去上学。上了两年，就考上了襄阳城最好的中学。本来以父亲读书的智商，是很容易考上大学的，可奶奶生了五个孩子，家里除了老大，我的大伯读过书以外，下面几个都没上过学。现在我的父亲读书了，这显出来明显的偏心。大姑、二伯都睡在床上，不下地干活了。于是父亲辍学了。父亲的一生因为没有上大学，在村里也不受人尊重，在抑郁中生活。他不管家里的任何事。

我在小学时，因看小说的缘故，有了理解力，不听课，不写作业，每次都在班上考第一。老师看我是个机故娃子，是个不惹事的娘娃子，也不管我。可我一直知道自己几斤几两，内心是很自卑的。

㊁

在我十三岁那年的春天，我在离家七里地的跑马岗小学教书。

跑马岗这个村名的来历，和西楚霸王有关。

这个古村，是西楚霸王的跑马场。孟浩然所隐居的山叫鹿门山，紧邻霸王山。那是霸王横刀立马的地方。离我家六里地的地方叫王河，那是霸王的乌骓马洗澡的地方。遥想当年霸王和虞姬在夕阳下的河里，骑着乌骓马徜徉。多美的一幅画啊！

可惜，后来王河干涸、改道了，只留下了美丽的故事和几千年来沿袭的地名。

我在跑马岗小学教书，日子平淡得如白开水一样不好喝。我不是蒋介石，也不是圣佛，喝不出白开水的好来。我一天一天地熬日子，每日夕阳西下，小孩子放学了，我就围着跑马岗小学转圈圈，在心中遥想，两千年前的项羽是怎样在这里跑马练兵的。

为此，我专门委托有能力的青青表姐，给我找一本写项羽的书。有能力、有威风的青青表姐马上找来了相关的书。每日放学后，我就在跑马岗小学读书。

在这里，我把书中乌骓马的描写摘录出来：

乌骓是一匹黑马，通体黑缎子一样，油光发亮，唯有四个马蹄子部位，白得赛雪。乌骓属于中国名马的河曲马系列。

公元前202年，刘邦的大将韩信布置十面埋伏，项羽被围困在垓下。项羽几次率领军士们突围，最终只率二十几骑逃到乌江边上。一位亭长劝项羽坐自己的船渡江到江东称王，重建霸业。而项羽笑曰："天之亡我，我何渡为！且籍与江东子弟八千人渡江而西，今无一人还，纵江东父兄怜而王我，我何面目见之？纵彼不言，籍独不愧于心乎？"乃谓亭长曰："吾知公长者。吾骑此马五岁，所当无敌，尝一日行千里，不忍杀之，以赐公。"

而民间的传说是：忠于主人的乌骓自跳乌江殉主而死。

更有民间演义称，乌骓自戕后，马鞍落地化为一山，马鞍山因此而得名，有"江东第一山"的美誉。

我看了这本书，还做了如下读书笔记：

吕雉嫁给刘邦之时，刘邦只是沛县的一个泗水亭长。吕雉本来随其父吕公住在单父县（今山东单县），后吕家因躲避仇家迁居沛县。吕公和沛县县令关系较好，沛县的官员为巴结上司，纷纷前去祝贺吕家乔迁之喜，主吏萧何负责排定宾客的座次，他叫仆役把贺礼不到一千铜钱的都安排在堂下。亭长刘邦认为沛县诸官吏也没什么了不起，就填上献礼为“贺钱一万”，其实根本就没带钱来。吕公知道后，本是带些怒气出来想把他赶走，一见却大吃一惊，觉得刘邦将来定是个不凡人物，因此引入堂内就座。萧何告诉吕公，刘邦只会说大话，没什么成就。但吕公不以为然。刘邦坐在上宾座位后，就大声调侃其他沛县官吏。

宴会进行到一定时间后，吕公说，我很会看面相，但是没看过像你这么相貌不凡的，我有个女儿，希望你愿意接受她当你的糟糠之妻。事后吕公的妻子吕媪很生气，说，你以前说你这个女儿很难得，一定要嫁个非常好的丈夫。沛县县令对你这么好，你还不肯嫁女儿，居然要把她嫁给刘邦？吕公说，这不是你妇人家懂的事。还是把吕雉嫁给刘邦。

吕雉出嫁之时还有一个令她非常难办的问题：刘邦已经有了一个非婚生的儿子。不到二十岁的吕雉嫁给了大她十五岁的中年亭长刘邦，而且，这位亭长虽然没有正式结婚，却有了一位未婚生育的儿子。

吕雉早年很贤惠，初嫁给刘邦时，生活并不富裕，她带着刘邦的非婚生子和自己的儿女，经常上顿不接下顿，可就在这样的情况下，吕雉把刘邦的非婚生子养得肥肥胖胖，这个孩子本没有名字，因现在肥白可爱，大家都叫他刘肥。

公元前205年四月，汉军乘项羽陷入齐地不能自拔之际，一举攻下楚都彭城。而项羽率骑兵迅速回防，与汉军战于睢水，汉军大败。

吕雉在家听说后，忙领孩子逃命，却和自己的儿女跑散了。这两个孩子侥幸遇到了刘邦逃跑的车马，刘邦把两个孩子接上车继续逃跑。可跑出不久就被楚军追上，刘邦眼看车上人多速度慢，就做出了一件让人十分愤怒的事情，他把自己的一双儿女推下了车。

刘盈兄妹被推下去后，连声尖叫，被随后领援兵赶来的韩信所救。

㊂

看完了表姐给我的书，我重又陷入了过平淡日子的苦闷中，教书这样的活对我来说很轻松，我们班在每次的学生考试中，平均分数排名都是前三名。

每天，学生放学了，我就围着跑马岗小学转圈圈，我天天想大桑树爷爷，想催生灵兽。最后我决定学点哲学，也许西方哲人能帮我脱离思念的苦闷。我在星期天骑自行车去了襄阳城，找到襄阳城最大的书店，买了一套哲学书叫《猫头鹰文库》，这套书里包括了许多西方哲学家的著作，还买了几本心理学的书籍。

因为不能理解，我读得很慢，如品苦茶。有时，读不懂猫头鹰的鸟样，就读心理学的书。二十多年后，我对我看过的那两本心理学书籍，还记忆犹新。一本叫作《人格心理学》，是鲍昌老师写的序，书里详细讲述了百年来西方心理学的几个流派，这让弗洛伊德、斯金纳、荣格的名字在我的脑中铭刻，还有一本心理学的书叫《攻击与人性》，我对那本书印象深刻，可我忘记了作者的名字，这让我心里一直觉得对不起作者。

我的梅花小姐姐和青青表姐不看哲学书，这让平时天天和她们一起看书的我没有了互动，没有人和我讨论哲学，这让我很难受。那时的我已经记住了几百个哲学家的名字，可周围没有一个人能和我共同铭记。

跑马岗小学订了四份报纸：《人民日报》《中国教育报》《湖北日报》和《襄阳报》。我看《中国教育报》是用品苦茶的速度慢慢读，当我看《人民日报》时，就用刚出生的小婴儿学杜曼闪卡的速度看，用一秒钟看两版《人民日报》。

从《中国教育报》上我知道了当代哲学动态，记住了很多当代哲学家的名字。我一人读，学了很多哲学知识，可没人知道，宛如锦衣夜行，让我很苦闷，我决定找学哲学的人说说话。在新一轮的苦闷中，我在报纸的指引下，星期天骑自行车去了襄阳城，找到了襄樊大学的叶青老师，在他面前背了很多哲学家的名字，并在他那里拿了十五本哲学书。叶青老师和他的妻子马原，还热情地留我吃了中午饭。现在想来，80年代末还真是一个神奇的时代。如果放在现代，肯定会被人当成骗子，门都敲不开。

在叶青老师家，叶老师问我的职业、年龄，说你这么小，不上大学太可惜了。我说家里穷，没法再读书了。他说，你可以以社会青年的身份去襄阳市招生办参加高考，就可以和学生一样考试，考大学了。

叶青老师的话给了我点信心，我现在有了新的目标，有了生活的信仰，摆脱了不知道催生灵兽在哪儿的苦闷。

那时的高考分文理考，我肯定是只报文科，文科考六门，语文、数学、英语、政治、历史、地理。这六门课中，我有两门短板，数学和英语，还有另外四门，我是平时在阅读中每天都学习的。我决定用一年的时间只学数学和英语，好在下一年参加高考。我骑着自行车去了离家二十里的东津镇，去了镇上的高中，去了小哥哥的岳父家里。小哥哥的岳父是高中老师，我在那里找齐了备考的书。

自学数学还能靠理解力，不懂装懂也看，学英语对我来说就太难了，我学着大哥哥的样子在桌子下放一桶凉水，桌子上放一把亮晃晃的锥子，可这些都无济于事，这一切都吓不走徘徊在脑子里的笨鬼。在这种苦恼中，我只想快点参加高考，考完拉倒，就相当于只求耕耘，不问收获了。开春，我找到位于襄阳四中的招生办报了名。在那年七月份的七日、八日、九日这三天参加考试。考的结果和我预想的一样，语文考了七十分，和那一年的学生高考平均分一样。其次按成绩好坏依次是历史、地理、政治、英语、数学。

考完以后，我觉得好像解脱了一样，觉得高考也不过如此，没什么了不起的。虽然我考不上，但我也和你打了一架。

再说，就是考不上，也一点不丢人！我们湖北襄阳是考试大县，诸葛亮就住在这里，机故人聚居地。天上九头鸟，地上湖北佬。当时高考录取率只有百分之二十，有多少聪明如大哥哥那样的人，在校园里卧薪尝胆都考不上。我决定不考了，太累了。

因为我用了一年的业余时间去备考，那一年，我自己没考上，我的学生们平均分数也考得很低，我觉得很对不起他们。可我也觉得对不起叶青老师，叶青老师鼓励我一直考下去，如愚公移山，肯定能考上的，可我放弃了。

㊃

我不准备考大学了，新的苦闷与彷徨又找我来了。我都记住哲学家的名字了，可我的青青表姐和梅花姐姐，从不和我互动哲学。一转眼，半年过去了，放寒假了。我决定北上进京找哲学家谈哲学。我按照报纸的指引找到北京大学的哲学系副系主任陈战难，在陈战难老师的办公室里，我和他谈了一个小时的哲学。我现在忘了我说过什么话了，可能也只是背了几个哲学家的名字罢了。只记得当时我从办公室出来，走到北大的南门口，回头望，陈战难老师跟在我的后面，我才明白，原来他在送我呀！这件事过去了二十年，我在北京给人做月嫂，很偶然地谈起我少年时拜访北大哲学系老师谈哲学的事，女雇主表情震惊地跟我说："这怎么可能呀，我在管庄的大学，读了四年都没见过我们的系主任。你怎么在寒假，还能找到北大的哲学系主任?”顿了一下，她又说:“噢，那时的大学是叫象牙塔的，现在的大学都叫生意场了。”

现在想来，生命中遇到的这些学者，他们总是在我颓丧时给我生活的勇气，想到大千世界里，还能有这样温润如玉的谦谦君子，便使人有了活下去的勇气。

活在少年的时光里，是幸福的，是快乐的。我在少年的时光里，赤脚走天涯，攥紧空拳考大学，到处寻找哲学家，很快，我的少年时光过去了，我马上就到十六岁了。

第八章　北漂盗墓者

一个声音在召唤我
盗墓去吧，盗墓去吧
他们在保护你，大胆地向前去
海的女儿，大海的公主
纵身一跃，来到人间
在王子的国度，在另一个宇宙空间
她拉着满腹经纶的诺
来到古老的东方文明古国
在这里 她们摇身一变
成了不识绮罗香的浣女
我因梦而生

一

一转眼，到了我十八岁的夏天。我都教了六年书了。每日，待在小小的跑马岗学校里，我沉闷、抑郁、窒息，时时有要自杀的冲动。我决定要去大千世界生活，要告别家乡和大千世界握手。我一直相信，只要我去寻找，催生灵兽一定会被我找到。我还不知道我的前生是谁呀，我要问问催生灵兽。

我的儿时，在南方流浪。这次我决定北上，北上寻找催生灵兽。

我告诉了我的母亲，我不想教书了，我要北上进京，自谋生活了。妈妈无能为力改变我的决定，只能称赞点头。我告别了我的家乡。

1994年春天，《中国青年报》上有一篇深度报道介绍了崇文门三角地。我按照《中国青年报》的引导，找到了崇文门三角地，那是一个自发的劳务市场，我决定在那里等工，谋生。

在这个三角地，我马上陷入了新的苦恼中。在这里，最容易找到的是在饭馆做苦力的活，可我对这种工作特别恐惧。我好害怕，怕的是，当我一伸手干活，便有人鄙夷地嘲笑我小姐的身子，丫鬟的命。我不想干这样的活，便在三角地挨了两天。

我在崇文门三角地揽工，第三天的时候，有一个年轻的男人来找我了。他说，他不是开饭馆的。这让我紧张的心放下了。我紧盯着他的长相，他长着乌黑的、乱蓬蓬的眉毛，让人一看到，就想到了破扫帚。这个男人个子不高，让我想到了《水浒传》里淫荡的矮脚虎王英。这个雇主把我带到了一个角落里，悄悄地告诉我，他是盗墓集团里的伙计，来这里找个人，负责给盗墓集团放哨。这个“矮脚虎王英”说他能通冥阳两界，一眼就看出我煞气高，鬼神不能近，所以他雇我去给盗墓者放哨，收入不菲。我因在崇文门三角地挨了两天，也没碰到我愿意干的活，虽然对在墓地放哨的活百般不情愿，也只好应了。虽然，我也对雇我的这个伙计百般看不惯，但也无奈答应了下来。

雇我的这个人告诉我，他叫刘芒芒，以后就让我叫他芒芒。芒芒说他是密云的农民，从初中毕业就来北京城里谋生，对北京的大小旮旯都熟悉。他一直都在盗墓，可总有失手的时候，经常被保安、警察逮着。他想找一个煞气能退鬼神的人放哨，所以去了崇文门三角地，没想到，一去就发现我了，看我有这潜质。

我问芒芒，你既然能通冥阳两界，那一定知道催生灵兽在哪里吧？我给芒芒讲了大桑树爷爷的事。

芒芒说没问题，他一定帮我找到，并说：“你好好帮我们放哨，我帮你找到催生灵兽是早晚的事。”

我便跟随他们来到了位于东三环的潘家园住下。他们晚上掘墓，白天就在潘家园销赃。

我日日催促芒芒帮我找催生灵兽，芒芒淫笑着对我说，他能帮我找到催生灵兽，但是，我要帮他生个儿子他才帮我找。

我的内心很痛苦，我急需找到催生灵兽轻抚我的灵魂，便答应了他。我们在潘家园同居了。

我每日晚间跟随他们去墓地，看他们拿着洛阳铲、铁锹、铲子、狼眼手电、结实的棍子，用活鸡鸭试毒。他们在墓地的东南角点一盏灯，如果是厉鬼禁止盗墓，灯就会灭。这阳间盗墓之人便不敢再盗。有了我给他们放哨，灯从来没灭过，阳间的保安、警察也没来打扰过了。大家齐赞我有神气，我也得意扬扬，认为自己是独孤求败。

后来，我找盗墓群里的“大爷”详细地问了一下鬼吹灯的缘由。

大爷告诉我：传说人的身上有三盏油灯，一盏在头上顶着，另两盏在肩膀上，是人身上的阳光。晚上走夜路的时候，如果有人叫你的名字，千万不要向两边张望，若把灯给吹灭了，便给鬼招了魂。在盗墓时，需要点一盏灯。如果鬼不让你盗墓，就会把灯吹灭。这是一种活人和死人之间的协议。大爷给我讲完后，还吟咏一句杜甫的诗给我听：“山鬼吹灯灭，厨人语夜阑。”

以后的日子里，除了下雨下雪的晚上，我都和盗墓者活跃在北京大大小小阴暗的角落里盗墓掘坟。经常在月朗星稀的凌晨，我看着地上的毒蛇吐着芯子望着我，我摆手，让毒蛇远遁。我在思索，如果没有催生灵兽的消息，活着还有什么意义。

白天，我便跟着盗墓者在潘家园摆摊、销赃。那时的潘家园还不是市场，只是盗墓者自主形成的自由集市，在现在盖着河南大厦的那条马路上。我们在那里叫卖我们的赃物。

㊁

经常会碰见成名的文化人和没出名的文化人。印象最深的是，那时经常跟陈增弼老师在早晨行点头礼。有时，还聊聊天，表达一下对某件文物的鉴赏看法。

在几十年后，我在三亚发现了他们的题词，惊讶地发现，他们都变成了名人，已到处在题词，顿有沧海桑田之感。

那时，每天还能碰到一些文化大家。在当时，已有身负盛名之人在潘家园那里逛园子。我从来都不卑不亢，因为在我的心里觉得，我脑子里记住的每个名人都比他们出名，所以就不以为然。我记住的名人是孔子、庄子、孟子、秦始皇、汉高祖、西楚霸王、吕布、李白、杜甫……这些名人，都比我每天看见的、当代的名流出名。我就不为见到这些名人而觉得受宠若惊。

闲暇时，我就在想，什么是名人呢？当代的好多名人其实就是人名、代号罢了。岁月荏苒，几十年过去后，没有人会记住他们是谁。如大海涨潮时，会泛起些许泡泡，退潮后，所有的泡泡也就看不见了。

因为我喜欢记人名，所以记住的名人比较多，而我妈妈，对历史上的人名记得寥寥可数。印象里，妈妈在几千年的历史中只记住了三个人。远的是周赧王。妈妈要说一个人邋遢、懒，便说这个人跟周赧王一样。不远不近的人，妈妈记得唐朝的李世民，妈妈要描述一个人乱搞男女关系，便说这个人是鬼混唐朝的人。离得近点的人，妈妈记得武大郎。如果一个人长得难看、矮，妈妈就说这个人长得跟武大郎一样。除此三个名人外，所有的人，在妈妈眼里都是普通人，妈妈不知道他们是谁。

所以，我经常在看摊时，平静地和这些文化人聊天，从不认为自己卑微，也不受宠若惊。

三

我为那个叫刘芒芒的魔鬼怀上了孩子，芒芒知道后很高兴，便决定除了盗墓外再干点别的，收点古旧家具卖。他找到盗墓团伙里教我鬼吹灯知识的大爷，和他一起合作收古典家具。

我刚到伙里时，把盗墓的老二叫作大爷，熟悉后，就叫他二哥。老二是河北隆化人，叫张为民。据说他爸在国民党军队当过官，所以，他的童年一直过得战战兢兢的。他爸给他起名字，取“为人民”的意思，就叫为民。张为民有空就和我聊天，聊天时，经常讲到他的童年。“大跃进”，三年自然灾害来了，没的吃了，他们这帮孩子快饿死了。他爸脑子灵，领着几个孩子到内蒙古的多伦去开荒，收了粮食，他们活了。老二无论什么时候吃饭都使我联想到地狱里饕餮鬼的样子。老二见到饭以后，都是用狼吞虎咽、迅雷不及掩耳之速地分分钟吞完。

我在后来的一段经历里，常和人去甘肃盗墓。我发现那里贫苦的农民在很快地吃完饭后，再用舌头把碗舔干净，和老二的吃饭方式不一样。

老二和刘芒芒两个人合作做古典家具生意。他们白天跑到德外的北沙滩市场，从收废品的人那里买来居民家淘汰的家具。这些家具里有很多是不可多得的宝贝。那个北沙滩市场，就是现在水立方所在的位置。

那个旧货市场是北城最大的市场，经常能淘到宝贝。因北城上风上水，是北京城富贾名流的聚居地。我在年轻时，也常在那个市场淘宝，见了很多世面。

十月怀胎，很快瓜熟蒂落。我在十九岁那年生下了一个女儿。那个叫刘芒芒的男人看了这个孩子一眼，说她是个女孩儿，他不想要这个孩子。刘芒芒还说，他已经很烦我了，天天催他找什么催生灵兽，他不想给我找灵兽了，也不想要这孩子。他要离开孩子，到陕西去找他的另一帮盗墓兄弟，并告诉我，自己好自为之，以后一人独立谋生吧。

刘芒芒说完这些话后，便远遁了，他从我的生活里彻底消失了，我不知道他是生，还是死。他也没有伤害到我，因我对他全无感情。他的留，他的走，对我来说就是什么也没发生过。

以后的我就一个人在北京城，养育我的女儿。

我要给我的女儿取个名字，取个又好听，又吉利，又有好风水的名字。我想了一个月，给她取名范不悔。

以后，我就用背带背着我的范不悔，在京城谋生。

㊃

那一年，我的盗墓兄弟也很少盗墓了。因为我们盗墓只能在盖高楼时打下的地基里，一般北京的官宦巨贾的墓，都在地层十二米以下，所以我们总是跟着工地走，在挖土机挖出的深深的地基里面动手掘椁。

记得我生孩子那年，好像北京城楼盖得比较少，我给盗墓者放哨的活儿也就少了很多。可我做古典家具生意做不好，主要原因有两个：一、我辨木质的眼神不好，比如我分不清明代红木和清代红木的区别。在我们行里，把郑和下西洋时带回来的红木叫老红木，也就是明代红木。郑和下西洋返航时，需用优质木材压舱，带回很多热带硬木，从明初一直用到清末，用了两个朝代。这种家具身价不菲，赶得上老紫檀，可我分不清。分不清就会上当受骗。二、家具都又沉又重，我体力不行。我的后背上还天天背着我襁褓中的女儿，我怕这沉沉的家具碰着她。

当然，日日在潘家园混着，还有别的活适合我干。我会卖旧书。对于一个从小在书堆里打滚的人来说，我能一眼分辨出一本书有没有收藏价值。于是，我经常在不放哨的日子去潘家园卖一些古籍善本。因此，我对北京城所有的废品收购站都很熟悉。我从那里找到有价值的书源，到潘家园卖，有时，也去牛街的报国寺卖。

在潘家园，一个熟人给了我一些他卖不掉的新玉件，是吊坠。我决定拿着这些玉件去颐和园兜售给游客。我选了一个晴朗的秋日，用背带背上我的宝贝女儿范不悔来到颐和园门口。记得那一年是1997年。我在北宫门门口，向每一个路过的游客兜售，半天也没卖出去一个。这些游客好多看着像国内的新暴发户，还有一些金发碧眼的西方白种人。我在颐和园门口的这半天里，发现了一个很奇怪的现象。凡是国内的游客，我向他们兜售玉件时，他们都冷冷地看着我，眼神里透着冰凉，不言不语，听而不闻地走开。西方的白人虽然不买货，但对我很尊敬地摇摇手，说一声sorry。他们看我的眼神是温暖的，带着怜惜和悲悯。他们把我和我的孩子看成完整的人。

后来，我带着疑问，问了几位我熟识的朋友，为什么是这样的。只有一位给了我答案。他说这些全世界到处周游的西方人，都是高素质人才。人素质高了，就懂得尊重人了。我总觉得这个答案太牵强，但自己也想不出答案。

每当感觉到别人射过来的冷漠、歧视的眼神时，我都好想我的母亲。我的童年有强大的母亲，我看到的都是奴颜婢膝的目光和花团锦簇的笑脸。我还以为那就是真实的社会。

可现在，因为我是农民工，因为我是单亲母亲，因为我不是富人，我看到的最多的是歧视和冷漠的眼神。这些眼神如利剑，直指我的灵魂，幸亏我灵魂强大，还能阻挡。

我的童年是懵懵懂懂的，以为所有人对我的好，都是真实的。后来我看到一个叫辛唐米娜的作家写的散文。她说因她的爸爸是本地的父母官，她从小看到的都是虚伪的笑脸，谄媚的眼神。敏感的她，受不了这种赤裸裸的媚态，选择了逃离。选择了去一个无人认识她的城市，去感受真实的生活。

我看后，觉得辛唐米娜是个好有灵性的人。我是个没有悟性的笨人。

因此，我经常深深地自责，我对不起我的范不悔。她一生下来，就和我共同前尘转世，隔世相逢，感受风刀霜剑，风雨交加，过风雨飘摇、朝不保夕的日子。我不能像我的妈妈，她的外祖母一样，为她打造一个安放心灵、不遭荼毒的小屋。我的童年，我妈妈为我做到了，而我却不能做到。我真想请我的范不悔狠狠地给我一巴掌。我对不起她，我的宝贝，我的挚爱。

㊄

记得初冬的一天，下午两点时，我领着宝宝从报国寺卖书回来。回到当时我们所住的紧邻东三环路的农光里小区的地下室时，我感觉有些累，躺在床上睡着了。

大约过了一小时，我醒了，到地面上的小区找我的孩子，她一般会自己在地面上玩耍。我找了一会儿，没找到，便问小区的保安，保安说，好像有一个两岁多的孩子往三环路去了。

我听了这话，赶紧往三环路上跑。我顺着三环路，跑到潘家园旧货市场，又从潘家园折返，跑到劲松，从劲松跑到国贸，因我曾带着她，从西大望这条路往四惠送过货。我一直跑，顺着国贸跑到了大望路，从大望路跑到四惠，边跑，边左右不停地张望。我要找到我小小的孩子，她是我的血肉，我身体的一部分。我从四惠折返，又跑到三环路上的金台路，呼家楼。我顺着三环路继续跑下去。我感觉到我的喉头黏糊糊的，要吐出来。我吐出后一看，是殷红的血。当时，我并不疲倦，我只是要这样找下去。我边跑边一口口地吐血。如果找不到我的孩子，那就让我死在这条路上吧。

路上，有个好心的大爷拉住了我。问我，你怎么了？我说："我的孩子丢了，在找孩子。"他说："你问问你家附近的派出所吧，也许在派出所。像你这样边吐血边跑，会死在这条路上。”

我说：“如果找不到孩子，我不能停下来，我知道，我会死在这条路上，但我没有别的选择。”

大爷拿出他的手机，通过114查到劲松派出所的电话，打了过去。然后，他告诉我：“劲松派出所下午有人送来了一个两岁多的小女孩，现在还在派出所里，你去看看吧。”

我向大爷表示感谢。凭直觉我相信派出所里那个小女孩就是我的孩子。我坐在马路牙子上，歇了一会儿，站起来，我走不动了。我摇摇晃晃地走到马路上，打了个车，赶到劲松派出所，看到我的宝贝站在所里值勤警察边上玩。那个值勤警察告诉我，孩子是三环路上的行人把她送到马路上执勤的交警那里，交警又送到派出所的。派出所的警察花了好几个小时的时间，带着我的宝贝，坐在警车上，让她认家。可孩子没认出来家。我当时经过长久的奔跑后，感觉已经麻木了，麻木得没和值勤警察说声谢谢，就背着我的范不悔回去了。半路上遇到的那个的士司机死活不收打的的钱，说看我们挺苦，他想做点好事。

十九年过后，我看到中央台有一个叫《等着我》的栏目，是专门感谢人的。我心中也特想感谢那些帮助我孩子的好心路人、交警、派出所领孩子找家的警察、好心的出租车司机。

我在网上找到《等着我》的联系电话。打过去，对方说：“交两千元才能帮着找。”我怀疑这个电话是骗子的电话，便作罢了。这十多年，我在心中一直深深感谢他们，这些有天使之心的好人。因为有这些降临在人间的天使，我现在还活着。

第九章　鬼神堡

我从太平洋上
凌波微步
我重回汉唐
看到一个个无名向我
在史书中娓娓道来

我是谁
是孙悟空撒下的一把毫毛

我是谁
是陆游的何方可化身千亿
一树梅花一放翁

㈠

我背着我的宝宝回到农光里的地下室。我一直在想：这件事为什么发生在我的身上？

从我进京后，一直在给掘墓人放哨，只因我知道，我是有最坚强灵魂的人。我的先祖是抗元六年的将领范天顺。在抗元不敌后，他为了民族尊严，不肯屈辱地作为最下等的南人含垢忍辱地活着，自缢尽忠。在多维空间的阴曹地府里，先祖的灵魂进入地宫，受另一空间的天帝指派管理阴间。我是他的后人，我带着先祖的煞气，地府的厉鬼躲着我，眼睁睁地看着它们栖息的家园被人掘得七零八落。我想起来了，我经常在月夜下看到毒蛇吐着芯子盯着我，那就是厉鬼的化身。这次我的宝宝丢了，是不是和我得罪的厉鬼有关？

我越想越不明白。我认为找到了答案，是厉鬼要复仇，奈何不了我，找到我的孩子。我所做的不义之事，我的先祖也不会原谅我。那是大桑树爷爷或者是催生灵兽救了我一命吗？又是谁把抢走孩子的厉鬼赶走的？是那些降临人间的天使，守候在路边的天使吗？

我在报国寺市场上看到了一本奇书，买了下来，它叫《鬼神本纪》，里面介绍了中国领土上的一处鬼神聚集之地。那里有时空穿越孔，有一片辽阔的湿地，显神的厉鬼施法让人类远遁，有鬼神在那里安居。

经历了这次丢孩子事件后，我特别想我童年的亲人：大桑树爷爷的精魄，还有催生灵兽。他们是否在那里安居呢？

我决定去鬼神堡里找他们。我背着孩子找到国家图书馆里的“地方志”室，认认真真地做了几天功课，了解了鬼神堡所在的地理位置，周边的风土人情，鬼神堡附近的原住民的历史源流。做好了所有的准备，我要出发了。

㈡

我把背孩子的背带用针线加固，缝了密密麻麻的针脚。把我的血肉背在我的背上，左手拉着装满衣物的行李箱，右手拎着装有铺盖的编织袋，踏上迢迢的旅途。

鬼神堡所处的位置西邻贵州的夜郎国，南靠广西的桂林，位于黔东南州的止步县。这个止步县从名字就可以让人联想到蚕丛、鱼凫、茫然、百步关、九折萦岩峦等字眼。止步县和湘西的古丈县对偶，不如与它相邻的桂林，得名是因为当地桂树成林，听名字就让人想到“月中桂子落，天香云外飘”。

止步县城到处都是崇山峻岭，初一语文课本上陆定一先生在《老山界》一文中提到的老山界就位居此县附近，老山界是五岭之一的越城岭。毛泽东诗词《长征》的“五岭逶迤腾细浪，乌蒙磅礴走泥丸”就是说的在此地的长征。1934年腊月初一，第九军团红军历尽艰险翻越此山，陆定一先生记述：“在‘之’字拐的路上一步一步走上去，向上看，火把在头顶上一点点排到天空；向下看，简直是绝壁，火把照着人们的脸，就在脚底下。”这是那年红军长征中所过的最难走的高山。随后，红六军团的王震将军再次在此翻山越岭，因遭国民党追捕，躲在深山，以猪食为生，逃过劫难。王震将军在翻过此山后，立下了宏愿：革命胜利后，一定要让这里的百姓富起来。

解放后，这里依然交通不便，山民们若要把山里的树木、货物运出去需要通过雨季溪水，河水上涨时把货物放置在水面上，顺水而流才能做贸易，得微薄的钱财。

我此次所行的鬼神居住之堡就位于此地的崇山峻岭、原始森林之间。

据汉许慎注辑本《淮南子·人间训》记载，秦始皇曾在此地屯兵数十万，防卫岭南诸“蛮”北上，其中“塞镡城之岭”一军驻于百万古田。百万古田也就是现在我在《鬼神本纪》中发现的鬼神所居之堡。

百万古田原来也是古驿道。明弘治十二年，百万古田名为古田县，隆庆三年升为永宁州。根据史料，原来百万古田是一座守护南方边疆的城池。

根据《神仙谱》记载，位于地上空间的凡人肉身死亡后，有德的凡人有的进入地下空间，有的进入地上的另一个宇宙空间。有德之人可以随便选择和所爱之人轮回。如罪孽不是太重，有向善之心之人，可在地下的炼狱里赎罪后返回，轮回往复。罪孽深重者永远不可轮回，如残害天下苍生之人。

可有些德高望重、善良、正直之人，他们的肉身死亡后，并不想灵魂在人世附身肉体轮回，但又愿意在人间找一世外桃源栖息灵魂。于是天庭和地府共同勘测，找到蓬莱仙境。清朝末期，人间黑暗。更多的有德之人不愿轮回到人世忍辱偷生，蓬莱仙境魂满。天庭和地府共同另寻一处神仙洞府，找到南疆的百万古田。当时南疆古田是一座城池，天帝点化，找有德之人把紧挨古田的南山变成富庶之地，让古田城的人搬迁过去。

我在地方志中看到的是，清咸丰年间因蝗虫大发，庄稼绝收，接着瘟疫流行，庶民迁徙。自此以后，那里荒无人烟，并保留大量文物古迹。

《神仙谱》记述的是：地君天顺公派出在淬火里煎熬、永远不能轮回的百万厉鬼，化身蝗虫吃光庄稼，让凡人迁徙。凡人走后，地君收回厉鬼恶魄，让这些残忍之徒继续在淬火中煎熬。

在这里没有人烟之后，地君按《神仙谱》的花名册点名，让得道成仙者来这里聚居。

神仙们来到这里后，怀念他们过去的故乡，把古田附近的村子命名为蓬洞，取蓬莱洞府之意。这让我想起在宋末，我的乡亲，那些襄阳的抗元战士降后被元军当作俘虏，派去攻打高丽，后不能归家。他们把高丽的山山水水都用家乡的名字命名。在高丽，有襄阳，有汉江，有汉水，有岘山，有堕泪碑、习家池，有鹿门山、太平楼。

㊂

我背着孩子，翻越了崇山峻岭，蹚过了万水千壑，终于站在古田的土地上。举目张望这座空城，首先映入眼帘的是旷野无人的大湿地。

茫茫的一大片湿地，枯黄的草地中冒出一株矮树，枝繁叶茂，给人带来一种宁静、孤独、苍茫的异样感。这株树，这株坚强、孤独的树，给人震撼，给人力量，给人自信。

在古田的南边山坡，是一片古墓群。墓葬碑刻，清晰可辨。我找到一个宽敞的墓室，放下孩子，准备在这里定居。我找到一个豁了口的、乾隆年间的青花大碗，找到泉水，舀了一口泉水给女儿喝，又拿出干粮给孩子吃。

我打开铺盖卷儿，在墓室里休息一会儿，背着孩子观察地形，因为我们要在这里生活了。

在古田中心有一处直径三百米、圆形的疑似古城址遗迹，位置略高于周边，形态规整。在古城址外沿，围绕圆形古城址一周有一条宽三米左右的护城河遗址，从高处看，古田的正中心被树林呈半圆形包围（除北面外，其他三面皆被包围），古城内有明显的建筑基石痕迹和少量木建筑物构件遗存，在这里可以隐约看到当年的辉煌。

城外低洼处以沼泽地为主。走过了城外的沼泽地，再去看千年古墓。在一大片灌木林围着的湿地里，有着一大片鹅黄带绿的千年古苔。古苔犹如巨大的蘑菇，一个挨着一个，远看如同一条条巨蟒盘旋着。原来只知道苔藓是覆在地上的，想不到能长得如此大。俯下身子，我要好好看这人间奇景。这苔藓竟然是一条条的，从下面生长，有的有一尺来长，软绵绵的千万条苔藓你挨我，我挨你，形成蘑菇状。有的地方苔藓一层堆在一堆上面，有两尺来高，坐上去如沙发一般软。

不知道这苔藓的生长速度，这么厚重的苔藓，也该有成百上千年的历练。“千年古苔”名副其实啊！

坐在古苔上，躺在古苔上，卧在古苔上，感觉地府里的魑魅魍魉在列队欢迎我。想到我的先祖曾和杨过大侠并肩守护襄阳，心中对这空城顿生亲切感。在旷野无人的空城环顾一周，我想起来了，这是神雕大侠的先祖杨再兴曾经住过的地方，又抚摸着环城三面的古树，希望能心灵感应到大桑树爷爷的精魂。我一棵树一棵树地抚摸，大树无言，一棵也没有感应。我每天坚持和环城三面的古木对话，抚摸它们以求得心电感应，我坚持了一年也没有找到大桑树爷爷。

渴了，我和孩子喝山泉水，饿了，我们吃那生长了千年的古苔。我相信，先祖灼灼的眼神一定在抚摸着我，温暖着我，我和孩子从来不生病，那是我的祖先在眷顾我们。他让居住在空城里无形无迹的仙人们照顾我们。晚上，我们睡在古墓里。每日黄昏，我领着孩子爬到树上看夕阳。日暮西山，我们餐霞，喝西风。

㊃

孩子三岁多了，我觉得她应该看点书了。我找出藏在帽顶和皮鞋夹层的银行卡，领着孩子出了空城，来到离此最近的武攸城。凭着过去对卖旧书的敏感，我轻车熟路找到废品收购站，用两元一斤的价格买了五十斤书，都是我和孩子愿意看的书。我们在墓道的青砖地上摆满了一本本松松垮垮的书，营造出和我儿时一样的童年氛围。如果我在这里能找到大桑树爷爷，那我就是又回到童年了。

我每日环城三周地在古木里穿梭，希望感应到我的大桑树爷爷，可我一次又一次地失望。

失望之余，我就拿着一本《植物世界》，和孩子一起学习认识空城里每一种植物的名字。

我们最喜欢的树是合欢树和黄栌树。

每年初夏，黄栌花和合欢花开了。它们的花形像云像雾，像氤氲的青烟，让人想到人间仙境。每天我都带着孩子长久地站在树下看这些烟花。

我在书中找到合欢树的介绍，合欢也叫“夜合”，因为它的小叶一到夜晚就闭合到一起。此外，它也有“马缨花”的称呼，因其花瓣不显著，但雄蕊细长，下部白色，上部粉色，使花的形状类似于一个挂在马颈下的红缨。合欢花用来煮茶，可以滋阴润肺，消暑降火。

书中这样描述黄栌树：黄栌树别名红叶树、烟树。最有名的是它的树叶，黄栌的树叶春天碧绿，但是到了深秋就变成红色的了，满树通红，艳丽无比。黄栌开花后，淡红色羽毛状的花梗也非常漂亮，能在树梢生长很久，黄栌树的嫩叶可食用。

我经常在清晨捡来柴火，烹煮合欢花茶，用墓地捡来的、坏了高足的青花婴戏碗啜茗，看着烟花茶在大碗里如天上的云一样烂漫、绯红。整个宇宙浓缩在一碗茶里，我充满了对宇宙的感恩。茶喝起来清新淡雅，细腻柔和，给宝宝喝时，加点冰糖甘甜爽口。

日子一天天地过去，我和孩子在空城以可食用植物的茎叶、果实为生，就着山泉水烹煮云雾茶，和老神仙一样过日子。我日日在原始森林里和一棵棵古木对话，我没找到大桑树爷爷。我不放弃。

在空城里，从来看不到一个人，据《神仙谱》载，神仙放话给周围的原住民，谁擅自进入，就会中巫蛊，被蛊毒害而死。能在来世成仙的人都是凡人中的大慈悲之人，传话也就能吓吓四周的凡人，但原住民恐惧、惊悚，从不敢进这空城来。

在这片空城，有七百多种植物，可我和孩子拿着书做教材，也只认得几十种，如南方红豆杉、长苞铁杉，冷杉、伯乐树、香果、篦子三尖杉、青冈木、白刺玫、泥蕨、高山杜鹃、观音竹、扶桑……高山杜鹃树，高大优美，枝干遒劲，树冠呈伞状，四五月开花时一片深深浅浅的姹紫嫣红，将山林装点得极为美艳。

入空城中心，春天召唤而出的各种花朵，与平原花气质不同。附生于大树上的独蒜兰，会开出蓝紫色的小花，密布枝丫半米高的泥苔藓，似无数星星集结。古田中心有两株瑞香，它的白色小花不起眼，但却有助于安眠。它还有一个名字叫梦花。瑞香树四周的地上随处可见一种白色的甜魔菇。甜魔菇的内效和它的名字一样，吃了后，就能做甜美的梦，和唐代小说《枕中记》中吕道士的枕头一样。可惜，有那么多俗人不知，不能做这样的梦。

第十章　金庸原

㊀

寒来暑往，秋收冬藏。闰余成岁，律吕调阳。我在空城又一年了，每天照例领着宝宝与古木感应。又是一个寻常的日子，我领着孩子从我们所居住的古墓群出来。

远远地，看见一个人影，我和孩子愣住了。这是我们来空城后遇到的第一个人影。我们向人影靠近，发现是个男人。一个矮个子男人，我看他脚下穿着增高皮鞋，我用经常目测洛阳铲深度的眼神测量出，加上鞋子的高度，他有一米六，往上看，虬须虎眉大颡，除去身高不足外，倒也长得气宇轩昂，我一并看出他年龄有三十多岁了。他没看到我，手里拿着一张图纸状的东西念念有词。

我看到人影，很欣喜地走到他身边，大声咳嗽一声，他发现了我，忙把地图藏起来，我仍用眼角余光看到繁体的“藏宝图”三个字。

他看到我，像兔子似的跑远了。

看到他远去的影子，我想，空城里肯定还有更多的秘密。我使劲在脑子里搜索上下五千年的历史，想要找到答案。我临来之前是在国家图书馆做足了功课的，我想起来一个关于宝藏的故事。

故事发生在古田空城附近的武攸城，南明永历皇帝曾居于此，以图反清复明。武攸是明朝建国之初由明太祖朱元璋分封的岷国藩王的都城。当时的朱岷王是永历帝的叔叔，他见南明大势已去便勾结清兵，被永历帝暗杀。南明继续南撤，为了转移从北京带出的金银财宝（反清复明的资本），永历帝到处搜寻武攸附近的奇山异水，以便妥藏珠宝。藏好珠宝后，永历帝南撤。一直撤到缅甸昔日的首都曼德勒，被缅甸王收留。后来，吴三桂率军攻入缅甸，缅甸王弟弟发动政变，向吴三桂交出了永历帝及其他南明皇室成员。永历十六年一月，永历帝及其眷属在昆明被绞死，永历帝终年四十岁。死后庙号“昭宗”，谥号“匡皇帝”。永历帝所携宝藏也不知所终。

止步县里的人是原著名将军的后代，主要有吴、马、杨、肖、周几大姓。据我在国图所看的资料记载，吴、马两大姓是被清兵剿后的平西王吴三桂及吴三桂的军师马宝的后人，当年吴战败后，他的家室跋山涉水逃到崇山峻岭深处的止步县，在止步及附近的古思州定居，繁衍。还有很多马宝的后人，改为吴姓。我不知他们为何故改姓。

止步县的杨姓是我崇拜的神雕大侠杨过的族人。他的祖上可一直追溯到爱国将领杨再兴、杨门女将、杨六郎、杨业、杨再思。

杨再思将军和杨再滔将军同为杨居本之子。杨再滔后居太原，传承了大名鼎鼎的北杨家将，和止步杨家对峙，神雕大侠杨过乃止步的杨再兴将军的后人。

我曾去过几次武攸城，进城后，我经常目测形形色色的人脸，惊叹基因的强大。我在城里的男人、女人身上看到几十个和我所尊敬的领导人长得一模一样的脸，我知道他们同为明太祖朱元璋的后人。几百年后，他们还是有着不变的脸。

并由此想到，有的人长着一张几千年以前的兵马俑的脸。我舅母的脸和两千年前的虞美人一样。我和母亲的脸是一样的，我女儿和我长得是一样的，那千年前和千年后肯定都有一个和我的脸一模一样的人。李辉教授用现代科学技术，找出的曹操活在当代的后人，和千年前的曹氏头盖骨复原图是一模一样的。我们每个人都获得的不是现在，我们每个人都是永恒。

㊁

又过了一个星期，天亮了，我领着孩子吃了烧黄的甜笋泥蕨，喝了合欢茶，爬上黄栌树看完空城的日出后，再领着孩子去附近的瀑布洗了把脸。洗完脸后，我对着瀑布和孩子共同背诵一遍李白的诗："日照香炉生紫烟，遥看瀑布挂前川。飞流直下三千尺，疑是银河落九天。"

我们环城三周去原始森林寻找大桑树爷爷的精魄。远远地，远远地，又看到那个拿藏宝图的人了。我们正面相遇了，这一次我更加清楚地看到他。

他和我爸的装备一样，腰间挎着两把柴刀。两把柴刀主要是为了防御在原始森林碰到熊、豹之类的猛兽。用两刀撞击发出金属声，声音能吓跑猛兽。野生动物和人是一起进化、共同成长的。

我用眼睛静静地注视着这个人。他开始不敢直视我，后来也用眼睛看我了，这时，我向他伸出了手，和他握手。有了实体接触，他相信我和孩子不是鬼。

我开门见山地说："你是来找宝藏的吗?"他见我识破了，点点头，说："你们找什么?"我告诉他，我们是找神仙的。他和我猜的一样，是按图纸找到这里的。

我的鼻子这时闻到了一股奇异的味，嗅了嗅，是他身上的巫蛊味。噢，原来这人还通异术啊，我要多加防范!

这个男人向我自我介绍：姓金，名庸原，在当地政府部门上班，是个公务员。他有很多时间下乡采风，有次采风时遇一暴雨冲垮的吴姓墓地，得到此图，按图索骥，找到这里。第一次来，撞到我们，以为撞鬼，吓走了，又不忍放弃，所以又找来了。发现我们不是鬼，他很高兴。

我向金庸原介绍了我来此地的目的，他不以为然地说我是苕宝，找到大桑树爷爷的魂，又不当吃，又不当喝，作不得用。他的止步话听着让人很难受，幸亏我有童年在广西流浪半年的经历，还能听懂。

他说，金庸原是他的笔名，他是个著名作家。

他告诉我，他的代表作有《卧龙记》《风流老顽童》《大侠风清扬》《九阴九阳》《剑魔独孤求败》……

他说了好多部他的代表作，我只记住一部分，我心里想，他是个真正的著名作家，比金庸先生名气大。

他告诉我，他用写武侠小说挣的钱给父母盖了三层小楼。我心里嘀咕，这是个孝子呀！

接着，他继续说，他少年时，为了当个作家，每天腰间别着柴刀，去山上打柴。用卖柴的钱，在书店买了英国勃朗特三姐妹的著作《呼啸山庄》《简·爱》《艾格妮丝·格雷》，并把这三本书背了下来。

熟读唐诗三百首，不会吟诗也会吟。因为背熟了勃朗特三姐妹的著作，所以就会写武侠小说了，所以成了著名作家金庸原了。

我心里想，这个人崇洋媚外。要当作家，有那么多国学大师的著作不去背，非要背外国名著。而且这个人思想意识形态也“下流”。背外国人的，为什么不背莎士比亚的戏剧、荷马的史诗？非要背外国女作家的。

但在旷野无人的荒城，我不敢对他提出文艺批评，只静静地坐在青苔上听他吹牛。

㊂

我问他，能不能让我看看藏宝图，他拒绝了，走向我所居住的墓群，而我向原始森林走去。

黄昏了，我和孩子照例爬上合欢树，看夕阳回家。远远地，看见金庸原从古墓群走出来了。

他一脸的沮丧，告诉我：“找了好几天，没得用。主要是不认识图上面的字。”他一并又说，让我帮忙，认一认图上的字。这次，他让我看图了。

我接过地图一看，这张图上的字我似曾相识，想了几分钟后，想起来了，和我的家乡打伙村随处可见的铜钱，八思巴文钱上的文字，差不多。那就是原图主人用八思巴文给藏宝图做了注释，以防止宝藏被人轻易盗走。可我只知道这是八思巴文，一个字也不认识呀。

我向金庸原介绍了八思巴文的来历，是蒙古人横扫整个亚欧大陆后，责令一个叫八思巴的西藏人发明的文字，作为蒙古人的官方通用文字。因为是八思巴发明的，也叫八思巴文。这种文字只用了几十年，现在根本没人认识，找不到翻译了。如果是满人的满文还能在北京找到翻译的。

金庸原听了我说的话，很失望。他把藏宝图小心翼翼地按照原来的折痕折好后，放在贴心的胸口，他专门缝制的口袋里。

金庸原突然含情脉脉地看我一眼，把我吓了一跳，想到一个成语，暗送秋波。

金庸原说，就是找不到宝藏了，他也还过来，过三天就来，来时给我们带些止步特产吃。我婉转地拒绝，并表示了感谢。

他不顾我的拒绝，表示一定要来，说看我们过这神仙日子太清苦了。我的宝宝听说有好吃的，流口水了，对金庸原叔叔表示了热烈欢迎。

在剩下的几天里，我小小的女儿有了期待。每天早上例行爬上树看日出时，都盼着金叔叔快来。

三天后，金庸原来了，背着一个登山包来了。他从登山包里拿出了一只活鸭及很多调料，猪肉、腊肉、甜笋，还有虫茶。金庸原说要给我们做本地特色菜，血酱鸭和甜笋腊肉，吃完后再喝只有止步才产的虫茶。他告诉我虫茶是止步才有的虫子，吃了茶叶拉出屎，这种虫屎就叫虫茶。我向他表示感谢，然后和女儿观摩金大厨炒菜。我们给他捡柴火，崇山峻岭里有取之不尽的柴火。

我们三个人吃完了止步美食，又喝了消食的虫茶，有了生理的满足，马上抵消了寻找灵魂而不得的郁闷。

我的宝宝高兴坏了，她很少能吃到美食。因为我的手太笨，做饭只能把生的煮成熟的。除了偶尔去饭店吃点美食外，我们一直箪食瓢饮地过日子。

金庸原表示过几天再来看我们，给我们带更新奇的止步特产吃。宝宝高兴地欢呼雀跃。看着宝宝期盼的眼神，我没有制止，但总有不安的感觉。

金庸原又背着一个装得满满的登山包来了。这次，他给我们带来的是巫山竹鼠、巫水小熏鱼和血豆腐。他们这个地方在很久以前，原住民叫作飞山蛮，唐以后改称苗人。河是叫作巫水河的，山乃巫山矣。好多苗人还善巫蛊。

我看着金庸原熟练地用红辣子炒竹鼠，紫苏叶和巫水小熏鱼放一起煎炸。我煮上了米饭，我们就着鱼和鼠，享受饕餮盛宴。金庸原说血豆腐留着，以后我们自己就着空城的泥蕨炒着吃。

我说：“你下次再来时，我们摘食空城特有的甜魔菇吃。”金庸原连说好。

我问金庸原怎么不找宝藏了呢？他说：“不认识八思

巴文，找不到了。”我也说了我的看法：“这宝藏图肯定是吴三桂从永历帝手里得到的。按历史资料推测，这宝藏就在空城。永历帝至死也不会向吴三桂说出宝藏的确切位置。那图上的八思巴文可能是指点迷津的，也可能是故意蛊惑人的。三百年前，可能还有一些懂八思巴文的人，可现在，这种文字已经失传了，你这张藏宝图，已没什么用了。这张藏宝图落在吴三桂后人手里。你在止步发现这张图，是因为这崇山峻岭的山坳坳里，住着很多吴三桂的后人。”

金庸原听了我的话，失望地点点头。那神情好像买了张彩票，以为能中五百万，一毛钱没中之后的懊丧。看得出，他对藏宝图已不抱希望。

黄昏了，金庸原从我们住的古墓群出来，跟我和宝宝分手道别。我和宝宝爬上黄栌树，也看夕阳，也目送他的身影远远地消失了。

第十一章　甜魔菇

在看烟火，我是浣纱女
在袁夫，我是漂母
故事都一样
一眼千年
梦见你千万遍
足以带给我多少次的沧海桑田

㊀

一个星期后，金庸原又来了。

这次，他从登山包里掏出的是茶叶饼、糯米干、黄豆粒、花生米、玉米粒，说要给我们做止步油茶吃。

接着，他又给我们讲了止步油茶的来历。

早在汉末、三国初，止步的苗氏为了预防瘴病，就地采用侗茶加工成油茶饮用，经过千百年改进形式，便有了今天的油茶，苗乡人民也形成了天天喝油茶的习惯。清光绪年间曾有文载："苗人以冻米杂盐豉煮之，谓之油茶。"还有"姜牙蜜饯满盘陈，风味油茶亦可人。绝忆头纲新焙出，二凉亭子雨前春"的诗句，描绘出了油茶的独特风味。

我采来甜魇菇，告诉金庸原，甜魇菇如其名，食用这种菇的人会做美梦。有微毒，所谓的毒性也就是说食用之后会出现昏睡的症状。

那天下午，我用甜魇菇炒腊肉，用鼎蒸了米饭。饭毕，金庸原给我们打好止步油茶，好消食。喝完油茶，金庸原靠在古墓旁的黄栌树上睡着了。我的眼皮也昏昏沉沉地耷拉下来了，再看看宝宝，她已躺在山坡上睡着了。

我知道，甜魇菇的毒性发作了。趁着我没睡着，我忙把宝宝抱到墓室的床上，把迷糊的金庸原喊醒，扶他进墓室的床上睡。接着，我也睡着了。

梦中，我进入了地宫，找到了地君天顺公，我的先祖。我问先祖："我过去盗墓的罪何时能赎清？为什么还找不到大桑树爷爷？"

先祖笑眯眯地抚摸着我的头说："孩子，你的罪孽在你的肉身存在时，是能赎清的。至于大桑树精，不用再寻觅了，但我会派它保护你的。你要多行善业，有善行方能聚缘，才有相见之缘！"

美梦转瞬即逝，第二天早晨，我先醒了。接着，金庸原也醒了，宝宝也醒了，空城的小鸟儿醒了，处处都听到鸟叫声。

我烹制了简单的早饭，吃完饭，金庸原走了，说过几天还要来吃甜魔菇。我领宝宝来到瀑布前，洗了脸，对着瀑布，教宝宝读了一首李梦阳写的瀑布诗：

瀑布半天上，飞响落人间。
莫言此潭小，摇动匡庐山。

读完诗，我和宝宝爬上合欢树，看日出东方。我的心里有不祥的预感。

一个星期后，金庸原来了，带来了好几块腊肉，说用来炒甜魔菇吃，还拿来了更多油茶的原材料。

金庸原告诉我，他妻子早已病故了，给他留下两个孩子。他是苗族人，可以生两个，所以有两个孩子。他现在是单身。我静静地看着他，总觉头顶盘旋着不祥之兆。

照常，吃完甜魔菇后，我们马上都陷入昏睡，做黄粱美梦了。

梦中，我好像跟金庸原同居了。第二天早上，我发现金庸原和我衣衫不整地躺在古墓，宝宝沉睡着。

我问金庸原，以后怎么办。金庸原变了脸色，顿了一下说："哪有什么以后呀。"

接着，他背着登山包走了。我感觉的不祥之兆聚拢起来，萦绕在头顶。

㊁

过了两个月，我感觉自己怀孕了，每天呕吐。这时，金庸原来看我们了。

我告诉他我怀孕了，并问他怎么办，金庸原说，他是不可能和我结婚的。现在农村全是留守妇女，他是单身，和留守妇女通奸就有了很好的借口，还能把留守妇女手里的钱财骗来。留守妇女的丈夫在外面打工，赚的钱都到了留守妇女手里。看着他赤裸裸的恶毒嘴脸，我怒从心起，问他：“你有很好的工作，要骗那么多钱干什么？”他说，他的两个孩子，大的是女儿，所以第二胎必须生儿子，于是连着引产了三个怀胎足月的女婴，生下了第五个孩子，孩子生下来是个男孩。如果是女孩他就不养了，可因是男孩，他的妻子对那三个胎死腹中的足月女婴充满愧疚，抑郁而死了。

他对妻子的引产、妻子的死都是丝毫没有感觉的，他也不关心他的大女儿。他只关心那个儿子，希望弄来更多的钱给他儿子留着，好让儿子能找上媳妇。他在清水衙门拿死工资，也不会干别的，总想找点歪门邪道弄点钱花。

于是，金庸原想到和留守妇女通奸，骗色骗财，可和留守妇女通奸是有很大风险的。常言道：穷生盗，奸生杀。聪明的金庸原只找本地的小姓人家的妻女通奸。在留守妇女身上放蛊，控制她们，而后骗财物。

我知道这里还有杨姓、吴姓与朱姓，便好生奇怪，问他为什么只敢奸淫小姓人家放荡的妻女。金庸原说他是文化人，深谙中国历史。这里是崇山峻岭，交通不便，就那几家人是历史上大名鼎鼎的。杨家将之后，战死小商河的杨再兴乃大宋第一猛将。那吴姓更是惹不得，早年间，他们的祖宗吴三桂就能冲冠一怒为红颜。那后人也彪悍成武疯子了。

我问金庸原，怎么不奸淫朱家妻女。金庸原看了我一眼说：“朱家人挺有骨气的，不敢惹。你看那大明终其一朝二百七十六年，不和亲，不赔款，不割地，不纳贡，天子守国门，君王死社稷。”

我真没想到，这个金庸原奸淫个留守妇女，都能说出这番学问。

听完金庸原的话，我脑子顿时有了一秒钟的晕眩。我愤怒地看了看他，一丝灵感掠过脑海。我想起来了，他就是蝗虫，是地君从阴曹地府派来的厉鬼变成的蝗虫。后来，地君收回这些永世不能轮回的厉鬼，这个蝗虫侥幸躲过，附身在一家农户少年的肉身上，凭借前生魂魄的犀利进了国家机关，祸国殃民。他没有人性，没有情感，知道自己没有来世，便在这一世用自己的一点能力使劲作恶。

这个犀利鬼附在贫瘠的民女身上骗财骗色，好恣意糟蹋他没有来世、没有轮回的短短一生。

我一切都明白了，我无语凝噎。

金庸原是当年漏网的小厉鬼，想尽办法躲过了地君的法眼，附身人体，继续祸害人间。

我认识了他，是不是当年我在北京得罪的厉鬼给我下的套？

他没有来生，所以便狠狠地祸害苍生。

当时，年少的我为什么要犯那么大的错，就是怕人嘲笑笨，就去给盗墓者放哨呀！盗墓是多大的罪过，那是会受到亡灵诅咒的。我脑子里闪过戏剧家莎士比亚的墓志铭：

朋友啊，念在苍天的分上
不要掘此地，黄土让我凄凉
若放过此处野草，黄土得福
若动挪我的尸骨，将被诅咒

㊂

在初夏时节，在空城的篝火旁边，我在地上把剪刀磨快，剪断了脐带。我生下了一个小小的婴儿，一个美丽的女孩。小女孩生下来，虎眉大额，皮肤像黑丝带，发着幽深的光润。

我和大宝宝高兴坏了，我们看着这个小小的宝贝，守着她喂她香甜的母乳。

我决定带着两个宝宝离开空城。我是在北京城作了恶，我决定去北京城赎罪。我去武攸城买了一个硕大的行李箱，在空城的墓边把行李全装进大箱子，用背带把我的小婴儿裹在胸前，手里拉着我的宝宝。现在实行独生子女政策，很多人都是把孩子供着养了，可我还和古人一样，孩子在拉着养，扯着养。

我先来到槐林镇上，找到了金庸原。我告诉金庸原，想让他办个事，给刚生的女婴办个户口。这也是他的孩子呀。

本来，我想把小闺女的户口办到襄阳城。上次买行李箱时在武攸城给妈妈打电话，妈妈告诉我，小哥哥坏了事，没当官了，那办户口肯定会麻烦了。于是我决定让金庸原办，这对金庸原很容易。我听他说过，他一个人就有两个户口，一个在槐林镇，一个在衡阳。

我找到金庸原，说了办户口这件事。谁知金庸原说，办户口行，让我给他两万元钱，他就给办。我惊呆了，这孩子是和金庸原有血缘关系的，可他为什么如此冷酷？身上真是连一滴热血也没有呀。和蝗虫的血一样，是凉的。

我愤怒地在槐林镇的银行，把我藏在鞋子夹层的银行卡，从鞋子里小心翼翼地抽了出来，在银行的取款机上取出了两万块钱。

我对金庸原说："我要告你，你要给我抚养费的。"金庸原冷冷地说："你去告我呀。就是判决书下来了，也没有人会执行的。”看着他狰狞的嘴脸，我气得要吐血了。

我想起20世纪90年代在潘家园旧货市场遇到过一位西藏异人，他教给我一门异术：对自己仇恨之人下诅咒帖。只要直视仇家眼睛，嘴里默念诅咒帖，便能如愿。

我把两万元钱摔在金庸原身上，直视金庸原的眼睛，默念了诅咒帖。我知道，金庸原以后的日子会每天生不如死。我只剩下进京的路费了。

在古墓里，我就给小宝宝想好了一个好听的名字，叫范不退。因为我的大孩子叫范不悔，所以小女儿叫范不退。这个名字来自《倚天屠龙记》。

我背着范不退，拉着大大的行李箱，扯着我的范不悔宝宝北上进京，开始我的赎罪之旅。

㊃

深秋，我拉着大女儿在一个养牛场看奶牛，无意中看到养牛场围墙外一头带着黏糊糊羊水的小奶牛。我问养牛的人，为啥要把这头小奶牛扔出去。养牛人答：“这是头小公牛，不能挤奶，没有用。已打了电话，马上有人来收，用来做牛肉干吃。就好比人，不愿意养女娃子一个样。”

听了养牛人的话，我看了看我的女儿，她和小公牛一样，因为别的原因，被父亲抛弃了。

看看女儿，再看看小公牛，我抱着浑身上下带着湿淋淋羊水的小公牛，流出了伤心的眼泪，我的眼泪浥湿了小公牛身边的轻尘。

大女儿全然不懂这些，她高兴地唱着在火车上跟人新学的歌谣，唱了一首又一首。

听着听着，我和着女儿的旋律，唱起了童年的歌谣：

牛儿还在山坡吃草
放牛的却不知哪儿去了
不是他贪玩耍丢了牛
那放牛的孩子王二小
…………

第十二章　家政女工

午夜两点
窗外没有月光
只有跨年的雾里
昏昏黑黑地徘徊在天空

我抱着睡去的孩子
一个小小的婴儿
小小的婴儿
像去年服役家中的安抚一样
睡一小会
醒一小会
哭上一阵

每天在凌晨两点醒来时
我都要无声的哭泣

我思念遥远的家乡
我的还不到一岁的幼女
顶层设计的玉米棒子
三十年没变
都是六毛钱一斤呀
地里刨不出来奶粉钱
我的孩子

为了养活你
我做了城里人的保姆
我的孩子
成了有妈的孤儿

白天

我假装幸福快乐地抱着别人的孩子
只有无人看见的夜晚
我才悄悄的哭泣

我的孩子
你还好吗?

当有一天
你的妈妈
挣够了
乡下盖房子的钱
我要和你紧紧相拥
永不分离

今夜远方的孩子
妈妈只想你

㈠

城市像抽水机，小城市是小水泵，大城市是大水泵，把七亿农民源源不断地抽到城市来。孩子们的父母都是谁？是来自农村的大学生蚁族，是村子里最能干的小伙子，是堡子里最俊俏的二丫头。

世界是冰冷的海岸，也有些许希望的暖流。当时北京的房价很便宜，国贸还是一片大荒地。刚来北京时，每天就想着多赚点钱，在北京买个房。

现在回想，这个事情已经是很遥远的梦了。

㈡

我仅剩的一点积蓄，给了金庸原，现在已没有钱了。进京后，我找到了当年盗墓的朋友张为民。张为民得意地告诉我，他早就洗手不盗墓，现在只卖古旧家具了。幸亏他见风使舵收手得早，我离开北京后，那帮盗墓的朋友在石景山区的老山盗汉墓时全被抓了，只有他老二现在在北京都买上别墅了。看着老二得意的嘴脸，我不知道说些什么，只知道他是世俗眼里的成功者，从老二那里借了五千元钱，走了。

现在，摆在面前的第一大问题是生存。做什么呢？如果继续卖旧书，卖古旧家具，肯定会经常和以前认识的各个盗墓团伙的人碰上。他们势必拉我去放哨，我肯定不能去了，可长久和他们在一块儿摆摊，我怕我不能抵挡诱惑。

我想起我在报纸上看到过一则消息，大意是：为什么月嫂的工资比医学博士的工资高，还展开了大讨论。那就做月嫂吧，我笨手笨脚，不要医学博士的工资，只要挣到医学硕士的工资就行了。

我在东五环外，一个偏僻的村子里租了房子，安顿好女儿，让大女儿照顾小女儿。本来大女儿该上学了，可我现在没有能力让她上学，因为需要她照顾妹妹，她也比上学的孩子有了更多的自由。租好了房子，我给小女儿买了奶粉，准备好了生活用品，让两个女儿不至于饿着。

我带着剩下的钱去了北京市劳动局职业技能鉴定管理中心，交了两千元钱，考了个高级育婴师证书，又去了位于朝阳区团结湖的妇产医院对面的马路上，那里有几十家月嫂公司。

因为我手笨的原因，我不敢要医学博士的工资，只敢要这个行业里中价位的工资，很快，我就找好了工作。

每天，抱着别人的婴儿，想着自己的孩子，我有轻微的抑郁，但也只能咬着牙忍着。有时候，我望着我照顾的婴儿的脸，这些小小的婴儿，由不快乐的人照顾，他们长大后会快乐吗？

可在现在的社会，人们往往是不用幸福来衡量成功的，而是用钱的数量来做评估的。

据说，我的先祖把阴曹地府治理得公正、公平，赏罚分明，可他为什么不来点拨阳间了？

㊂

我在位于北京三元桥的一个家政公司里偶遇了一位哭泣的母亲。记得那天是正月初五，家政公司已经来了很多找工作的农妇。大家都说根据以往经验，早点来能找到工作。要是过了正月十五再来，来找活儿的农妇太多，能把家政公司挤爆了。僧多粥少，根本没有找到活儿的希望了。

这位哭泣的年轻妈妈来自甘肃，是一位有两个孩子的年轻妈妈，为了能找到活干，她正月初三就从家里出发，来到北京。她虽然是“80后”，可没有上过一天学，她是跟着她的妹妹来的北京。她的妹妹来北京做了好几年的保姆了，妹妹也没上过一天学，来北京后一边干活，一边学认字，学写字，现在能写自己的名字了。

年轻的妈妈坐在家政公司宿舍的地铺上呜呜咽咽地边哭边说。

她在老家有两个儿子，一个五岁，一个两岁，丈夫家暴，打她也打两个孩子。她每年都要出来打工，能挣点钱，老公的暴脾气就能小一些。可是，她认字太少，就是找个照顾老人的工作，也要认得药瓶说明书上的字。虽然有年龄优势，找工作的难度仍然很大。

一想到找工作不容易，孩子那么小，妈妈就离开了，小孩吵闹时，还会被脾气火暴的爸爸暴打，甘肃妈妈只有难受得呜呜咽咽地哭。

宿舍坐了一屋子出来找活干的农妇，大家都麻木了，冷漠地看着哭泣的甘肃妈妈，没有一个人劝她。我也同样麻木，冷漠地听着抽泣声。外屋的北京籍家政老师听见哭声，生气地大声嚷着“大过年的哭什么，晦气”。

坐在宿舍里的每个农妇都是母亲，每个人都经历过这种剜心剜肺的思念之痛。为了自我保护，每个人都戴着一副麻木、冷漠的面具。用麻木、冷漠织就坚硬的盔甲，来保护自己柔软、滴血的心。

大文学家总是深情地赞美：母亲是家庭的灵魂。可当农家的灵魂来到城市艰难打拼，乡下的孩子没有了母亲的呵护。

妈妈在外挂念孩子，孩子在老家哭着想妈妈。可是什么时候能改变这种局面呢？这简直是道无解的数学题。

㊃

我每伺候完一个月子就可以休息几天陪伴我的两个女

儿。大女儿像我一样，在六岁那年就能独立阅读小说了。她把小妹妹照顾得很好，我们两人经常守着这个从崇山峻岭带出来的黑乎乎的孩子，一起开心地叫她“小山妖”，叫她“小宝宝”，我和大女儿共同守望我们的小山妖。

小宝宝是小山妖，相比之下，大宝宝更像是城里的魁魃。她长得雪肤玉颜，黑眼睛亮得像天上的北极星。我是那么爱她们，我的两个宝贝，我什么也不能给她们，只能给她们好多好多的爱，无论多苦多苦的苦水都不能淹没我的爱。

我从北京城远郊的废品收购站里，给两个孩子背回来一百多斤旧书，有绘本、漫画、杂志、小说……

我发现，只要是一个健康的孩子，把他放在一个堆满书的屋子，孩子的身边再有一个爱看书的人做榜样，孩子便能无师自通地学会阅读。比如，我本人、梅花姐姐、青青表姐，还有我在雇主家遇到的一些学龄前的孩子，都是这样学会识字、学会阅读的。

大女儿也就是在这种我营造出的环境中学会了阅读、算术。

在给富人照顾婴儿的同时，我又学会了更多的知识，认识了各种豪车和各种国际大牌的衣服。

北京城富人所居住的高档别墅区和高档社区的地下停

车场，基本上都是豪车在开会。我像加油站的员工一样，明白了各种豪车的价格，也有幸坐过形形色色的豪车。

我是一个爱学习的人，看到富豪家的太太小姐们穿的各种名牌，我不懂就问，又看各种时尚杂志学习，认清了名牌，基本上能知道各种国际品牌的价位了。

我学的新知识马上就派上用场了。

为了省钱，我去旧货市场给我的两个宝宝买旧衣服，买回来，烧开水煮沸消毒，因为认识了国际大牌，我在旧货市场就只买国际品牌的旧衣服了。

当然，我没有忘记，我这次来北京城是进行我的赎罪之旅的。

我经常在休息的日子里，领着我的两个宝宝看那些被站在金字塔尖上的人屏蔽的人：立交桥下的流浪者、乞讨者，马路上头发花白的园林工人，睡在窨井的井下人，地铁里的流浪歌手……我对他们诚恳地弯腰、垂衣、拱手、鞠躬，再给他们一个诚挚的微笑。大宝宝学着我的样子，用双手捧着一瓶矿泉水递给他们。

我想为大地上所有没有尊严的人做事。我要给他们尊重，来赎回我的恶。我想用尽我的能力做善事，以庇佑我的孩子，我希望我的灵魂、我孩子的灵魂能永恒地存在人世间，我尊重没有尊严的人，我也尊重我自己。

第十三章　流动的孩子

笑

春花、秋月
依次在池塘里徘徊

留守的孩子，
塘边，头顶着荷叶
打游戏

流动的孩子
城中村的出租屋
玩手机

他们的爸爸
他们的妈妈
在哪里呀

在那高高的脚手架上
盖房子
在那每每的菜市场
卖西瓜

孩子们，不懂人世间的苦
开心地笑着，
父母们，已明白活着的痛
悲哀地笑着。

㊀

就这样，我边打工，边赎罪。大宝宝负责照顾小宝宝，日子白驹过隙，波澜不惊。

转眼，过了好几个年头，小山妖宝宝五岁了。那年秋天我在东三环外的一个高档公寓找了份育婴嫂的工作。

那个高档社区原来是一个村庄，住着近郊的农民和很多进京的农民工。这里毗邻潘家园，90年代初这个村里租住的全是来自安徽阜阳的收废品、收电器、收旧家具的农民工。我经常在这个村子里转悠，买阜阳农民收的旧家具。

记得，一九九几年的报纸上有阜阳建了亚洲第一的飞机场的报道，我当时看了就嗤之以鼻，那个地方都把农民全逼得背井离乡了，建这么大飞机场肯定有猫腻，没过两年，就听说那个建飞机场的官坐牢了。

由于对这个地方很熟悉，有亲切感，我觉得自己很幸运，能第二次踏入同一个地方赚钱。

雇我做保姆的这家年轻的男女主人我都没见着，只看见孩子的姥姥、姥爷。

姥爷个子高，鼻子更高，人很瘦。姥姥个矮，人胖，鼻子塌，像地里刚刨出来的大地瓜，和姥爷站在一起，就是一组反义词。

姥姥看见我还挺热情，她向我介绍她家孩子的情况，满一百天了，但仍要雇月嫂照顾，因为她家孩子太“金贵”了。孩子的爷爷是官员，前面雇的几个月嫂都不认真照顾孩子，都被他辞掉了。听月嫂公司的经理说我是个老实、憨厚、有点笨、没心眼的人，且工资也要得不高，所以雇了我。

姥姥接着介绍：孩子爸爸妈妈旅游去了，现在家里雇了我和做家务的保姆，由姥姥管理。

我听了姥姥的话，还很镇定，因我见的世面多，没有被吓着。我盗墓时，墓地里躺着的白骨，活着时当的官好像都比眼前人家这个官大。我是爱学习的人，每盗一个墓，都对墓主人的前世做了解研究，我还在霄云路五十万一平的豪宅干过，所以，没有及时配合姥姥的介绍，做出谄媚的表情。这为后来的祸事埋下了种子。

我在这个雇主家待完一整天后，就从饶舌的姥姥嘴里知道，姥姥原来是在北京开小饭馆的，姥爷是开出租车的，两人漂亮的独生女儿嫁给了这家的公子，老两口高兴得像中了大奖。女儿不光有这套复式公寓，在别的地方还有更阔的豪宅。

我感觉姥姥的女儿嫁得这样好，对于在大城市这种陌生人社会的语境里，犹如穿了个名牌内裤却没人看见，这让姥姥好懊丧呀。姥姥是好想把他们和官员家的联姻挂到《新闻联播》上的。

在姥姥家的前几天，我过得很舒心。吃着家政保姆做的精美食物，一天二十四小时地照顾那个小女婴，波澜不惊。

㈡

在一个凌晨，不幸的事情发生了。我给婴儿喂完奶后，把她哄睡，放在婴儿床上。我躺在床上，刚迷糊一会儿，忽听见姥姥在骂人。我和姥姥同睡在一张大双人床上，我每次喂孩子、哄孩子，姥姥都在旁边监督。我这几年，也已经习惯了雇主的不信任。

可姥姥干吗骂人呢？我醒了，发现姥姥在指责我没给孩子盖被子，我觉得很诧异，认为不可能发生这种事，因为给婴儿盖被子这件事，对于我来说已变成习惯。但我也习惯了不辩驳，只是觉得这个老太太处于更年期，反复无常，不能打交道。

孩子姥姥骂累了，睡了。早上天亮了，我向姥姥提出辞职。

姥姥马上摆出一副夜叉样，告诉我他们家不是街心花园，谁都不能想来就来，想走就走，我要走也行，让她打一顿，不结工资就能走。

说完这句话，这个老东西便疯狂了，忽然一脚踢向我。我的眼前白光一闪，接着便看到那个老女人后退一步，我知道是大桑树爷爷来帮我了。这时，做家政的保姆听到动静，把这个疯婆子拉开了。

这个疯婆子把我的行李包扔到门口。我离开了这个人家，越想越生气，自觉这几年不要尊严、小心谨慎地做事，为了自己两个嗷嗷待哺的幼儿，什么苦都吃下了，原来服务的那些官宦富人虽然骨子里看不起我，但好歹面子上还保持着虚伪的礼貌。没想到这个二百五女人竟敢对我这样。看来，又想赚钱，还能够不受人欺负，只能等到未来时空了。

按照这个姥姥的叙述，她没有成为官员的姻亲之前，也是个贫穷的人，但和官员结亲后，便自觉得道升天了，觉得自己是踏在金字塔顶上了。

我想起两个月前，我深感自己受辱的另一件事。

我带着孩子随前一家雇主一块儿去三亚，在顺义的国际机场，坐南航的飞机。到起飞时间了，雇主让我和孩子在贵宾通道先排队，他是有南航金卡的人。雇主去卫生间了，我和孩子站到贵宾通道排队，这时，飞机场的地勤用轻蔑、歧视的眼神看着我说："你站错队了，上那边排队去。”看着年轻的男地勤歧视的眼神，我知道，他认为我是一个很穷的人，不可能走贵宾通道，只有有权有钱的人才能走贵宾通道。是的，我看起来是一个诚恳、谦恭、良善的人，这样的人，不像富翁，更不像权贵。这时，我的雇主来了，他扬了扬南航金卡，说：“我们一起的。”那个地勤没有再吭声。

机场的地勤和官员的这个姻亲，如果按照社会以财富权势来确定成功的标准来衡量，他们都是穷人。

可他们如果碰上了别的穷人，碰上了他们觉得可以欺负的穷人，他们便马上摆出一副更恶心的嘴脸，比富人更可恶了。

我想了一秒钟，没想明白，便不想了，留着以后再学习、思索。

我现在还在这家的门口，我想，难道我就这样让人打了，并白干几天活吗？我很生气，我在阅读中经常看到法律这个词，但我从未实际应用和操作过法律。我决定拿起法律的武器试一试。

我拨打了110，向110接线员叙述了事情经过，接线员说马上会出警，让我原地不动。

我坐在那家门口原地不动，等来了两个警察，一个佩戴警衔的，还有一个协警。那个有警号的年龄大些，协警小一些。

年龄大的警察看见我了，我向他叙述了事情的经过，他听完后就大声训斥我："你看看这是什么人家，人家住的是高档社区的复式公寓，你以为这是你家孩子呀！啃个红苕就能长大。你不好好照顾人家孩子，活该。"接着，他进了这家人的屋里，我听见那个年长的警察对官员的姻亲摇头摆尾、卑躬屈膝、胁肩谄笑地说话。我和协警站在这家人门外，协警一直在用同情的眼神安慰我。他不敢用语言安慰我，就用眼神安慰我。

不一会儿，年龄大的警察出来了，说："你没给人家小孩盖被子，人家不找你的麻烦就烧高香了。幸好人家踢你一脚，也找平了。你不要再多事了，也别给人家添麻烦了，你快走吧。"

接着，我在有警衔的警察的催促声中，离开了这里。

骨子里残存的尊严提醒我，不能就这样算了，那现在该怎么办？

我边想边走到了首都图书馆，找到三层的中文报刊阅览室，以一目千行的速度飞速浏览，终于，我找到了我需要的法律援助电话。同时，我也看见了那家人的孩子爷爷，那个官员的照片。

看着报纸上官员的脸，我想对这张脸下诅咒帖，可又觉得这样做不合适，我这不是滥用我的法术吗？我如果经常使用这诅咒帖，那就和滥发淫威的贪官没有区别了。我深深地咽了一口唾沫，咽下了一口气。

我决定用法律手段解决这件事。我给做法律援助的公益组织打了个电话，电话那边温柔的女声让我去他们的法律诊所详谈，并让我先去医院检查挨踢所受的伤。我用了两天的时间去医院检查身体。

过了两天，我找到了公益组织的法律诊所。这是北京一所大学的法律系办的法律诊所，他们派两个大四的法律毕业生和我一起去法院。我们约好在次日早上去法院，我把我所有的证据都给了法律援助者。

第二天早上，两个学生和我在约好的法庭见面了，这两个同学告诉我，我这个情况要分成两个案子。我和两个同学把两份民事起诉状给了立案庭的女法官。女法官扫了一眼，给了我两张诉讼费用减半的条子让我签字，因我是农民工，是弱势群体。我这两件民事案在费用减半后，只用交五十元。

女法官告诉我，拿着两张条子到离此最近的某银行交完五十元钱后，再把银行收据交回来，立案。我连声答应。

两个陪我来立案的学生走了，我去找银行。这里离银行还有十多里路，还要倒公交车。还好，我对地形很熟。

忽然想起一句老话，叫“饿死不见官”，我又不敢想了，不让自己有不吉利的想法。

现在，我把我的民事起诉状摘录在下面：

第一份民事起诉状

案由：生命权、健康权、身体权纠纷。

诉讼请求：

1.被告承担原告的医疗费二百六十二元，交通费二十元，健康证办理费三十七元，被告向原告赔礼道歉，赔偿精神损害两千元，合计金额二千三百一十九元。

2.诉讼费由被告承担。

主要事实与理由：

2010年9月29号上午9点，原告由北京万宝乐商贸中心到被告家中做育婴师。10月5日凌晨两点被告因与原告在看护婴儿问题发生争执，10月5日上午8点，原告向被告提出辞职，其后被告不断辱骂并动手，导致原告左腰部疼痛。并且，在殴打原告的过程中，被告恶意撕毁原告的健康证。事发后，原告拨打110报警并到北京广仁医院就诊，因此发生医疗费二百六十二元、交通费二十元及健康证办理费三十七元。

原告作为一个上门服务的育婴师，本身处于弱势地位，被告对其进行肆意辱骂，并用侮辱性言语对其进行攻击，歧视原告的工作，使原告对其以后的职业生涯产生恐惧，身心承受巨大压力。又因原告身材弱小，无力抵抗被告的殴打，被告先是将原告打倒在地，对原告拳打脚踢，后将原告打出家门，给原告造成极大的精神痛苦。故请求被告承担精神损害赔偿两千元。

根据《中华人民共和国侵权责任法》第十五条、十六条、二十条的规定，被告应当承担原告医疗费、交通费、健康证办理费、精神损害赔偿，并赔礼道歉。

根据上述事实和理由，请法院支持我方的诉讼请求。

第二份民事起诉状

案由：雇佣合同纠纷。

诉讼请求：

1.请法院判决被告承担加班费五百四十元。

2.诉讼费由被告承担。

主要事实与理由：

2010年9月29号上午9点，原告由北京万宝乐商贸中心到被告家中做育婴师。10月5日凌晨两点被告因与原告在看护婴儿问题发生争执，10月5日上午8点，原告向被告提出辞职，其后被告不断辱骂并动手殴打原告，导致原告左腰部疼痛。事发后，原告拨打110报警并到北京广仁医院就诊。此后，原告没有再到被告家中工作。

原告从10月1日至10月5日在被告家中工作，此期间为国家法定假日，根据原告、被告与北京万宝乐商贸中心三方签订的《服务协议书》，被告须支付原告加班费五百四十元。

根据《中华人民共和国合同法》第六十条，原告、被告与北京万宝乐商贸中心签订的《服务协议书》，被告须支付原告加班费五百四十元。

根据《中华人民共和国合同法》第六十条，原告、被告与北京万宝乐商贸中心签订的《服务协议书》第二条第二款，被告应当支付原告加班费。

立案后，法官让我等着，有事给我打电话。

2010年的11月，法官打电话给我，让我找到被告的身份证号码。我给派出所打电话，查到当天出警的那个有警衔的警察的电话，那个警察拒绝告诉我打我的那个老太太的身份证号码。

我打电话告诉了法官，我找不到那个人的身份证号码，法官告诉我，她给那家人打电话，那家人拒不接听，让我领路去那家一趟，当面送达法院传票。我和法官约好了时间。

到了约定时间，我到了法庭，一个叫朱攀的法官接待了我。

我听到法官的名字叫朱攀时，眼前闪现出一幅爬大树的画面。我接着又猜测朱攀的家长肯定都是“60后”，记得我的童年，“60后”的大哥哥每天都教我背：“世上无难事，只要肯登攀。”

这时，年轻的法官朱攀说话了，我赶紧制止了自己的胡思乱想。

朱攀说：“范菊人，你告原来的雇主，你现在的雇主没有想法吗？”我诧异地说：“没有啊。他们很支持我维权啊，还准我的假，让我来法庭啊。”朱攀不说话了。

我现在的雇主这家人是墓地开发商，这也让我觉得，我一直是一个与墓有缘的人。在这家里，我第一次知道墓地是收物业费的，二十年为一个缴费周期。我又学到好多人世间的知识。

我领着朱攀法官去那个小区，朱攀法官让我自己打车，跟在法院的警车后面去了小区。找到了官员姻亲的家，他们拒不开门，法官把传票贴在他们家门口，又通知我，2011年正月初八开庭，让我那天再去法庭。

到了2011年的正月初八，我老早赶到了法庭，找到了朱攀法官。朱攀法官告诉我，被告没有来，肯定不来了，你要找到被告的身份证号码，才能缺席判决，今天就到此为止吧。

我想着怎样找到被告的身份证号码。那天出警的警察为什么不告诉我呀。我被打了，只因我是个穷人、弱者，他像变色龙一样站在权贵一面。

我想起，我原来在潘家园认识一个奇人，那人是个音乐家，喜欢收藏瓷器。半夜，我在墓地放哨，他总是骑一辆京A牌照的军绿色摩托车，去看我们掘到什么东西。他的两只手上都戴着闪闪发亮的拳刺，那时候听他说，这附近的好几个派出所所长都是他哥们儿，每次看到他，就能让我想起李白的诗："十步杀一人，千里不留行。事了拂衣去，深藏身与名。"

我打了他的电话，他听我讲完事情的经过，带着侠气的声音穿透了手机："你马上去公安局找他们的督察去。你现在就去。"听了大侠的话，我心里添了好多豪气。

我决定去一趟派出所，如果他们刁难，我再去公安局找督察。

我带着大侠传给我的侠气，去了派出所，找到了那个警察。

可能是侠客传给我的豪气镇住了警察，这次他什么也没说，帮我查那家人的户籍，找到了那个打我的恶女人的身份证号码。我发现我把那个女人的名字写错了，因她和我签合同时字迹很潦草。

我找到了被告的身份证号码，又去了法庭找到朱攀法官。朱攀法官告诉我，我在起诉书上把被告的名字写错了，要重新起诉。这家人看来不会到庭，那就要缺席判决，然后每份判决书要交付一千五百元公告，公示半年后再由法院强制执行。

我又找到公益律师咨询。律师告诉我，你这案子即使从头再打一遍，再交钱公告，也只能要到工资和医药费，是要不到精神赔偿的，因为成年人的心灵已强大。医药费和工资加起来只有几百元钱，起诉再打一遍官司吗？我想了想，我望而却步。

因为这场官司，我请过好几次假，每天就损失一百三十元的工资，跑过七八次法庭，还跑去找银行，我脚下穿的坡跟鞋已磨低了两厘米。

我放弃了继续打官司。怪不得大家可以这么任性地打人。我真盼着我来当一次被告，让别人跑断腿来找我麻烦，我也得意扬扬地岿然不动。

弱小的我在官员的姻亲面前如同一只蚂蚁，这个坏女人也只能在公平的阴曹地府里得到惩罚了。

……

㊂

我的日子如流水般流淌，两个孩子一天天长大。大女儿把小女儿照顾得很好，托先人的庇荫，两个孩子从不生病。我每次休息时，看着大女儿的脸，我都对她有无止境的愧疚。

我休息时，照常领着我的两个女儿去赎罪，给所有得不到尊严的人一个温暖的仪式。

我憎恨等级分明的观念。为什么金字塔尖的人看不起金字塔底座的人？为什么有才华的人看不起没才华的人？为什么住在破房子的穷人看不起睡在马路边的乞丐？为什么男人看不起女人？为什么离婚的女人会受到歧视呢？为什么？为什么？……

我找不到答案，我所能做的只是尽我自己的能力给所有感觉不到尊严的人一个温暖的仪式。

我在活着的时候赎完我盗墓的罪，这样就不用死后去阴曹地府受刑赎罪了。

我在墓地开发商家里又干了两年，这些年做保姆的钱不光糊了两个孩子的口，还略有节余，攒了一点钱。

我和大女儿商量，我们要不要回到老家，到襄阳城申请一块房屋基地，盖间房子，这样她以后也有一个落脚的地方，有归属感。大女儿不同意我的这个建议，她不想盖房子，她说，就这样租房子挺好。

大女儿这几年也照顾妹妹，也参加城里为农民工办的兴趣班，学会了两门手艺，做美容和会议速记，大女儿说让我来照顾小山妖，她要出来打工。

我建议大女儿做美容师。听说美容师一个月能赚一万多，我希望孩子多赚点钱。

大女儿在美容院待了一个星期，告诉我她做不了这个工作。为了拉客人，每天都要挤出谄媚的笑容，脸上每天都像戴着一副僵硬的面具，这让大女儿很难受，她说她做不了。

大女儿决定做会议速记，她之前考了一个会议速录师的本子，一分钟能打二百六十个字。她很快在文化公司找好了工作，她所在的文化公司承接北京大型会议的会议速记，还给电视台的节目配字幕。女儿在文化公司如鱼得水，干得很好。

大女儿告诉我，文化公司每天给职员发一瓶饮料。女儿不喝饮料，她每天下班后都用双手捧着饮料，递给公司门口拾垃圾的奶奶。

我怔怔地看着大女儿，发了一会儿愣。我一直对我的两个孩子充满歉疚。大女儿跟着我颠沛流离，如断线鹞子一样随风转逐，短短十几年的生命一刻不停地流浪在路上。都说孩子是我们每个人上辈子的债主，是讨债鬼附身的。可我的两个孩子都不是来讨债的，她们都是来还债的人，我上辈子肯定是个大善人，还是个有能力的善人，所以这辈子，就有还情的魂魄附身在我孩子的肉身上来还债。

我把小女儿送到村子里专给农民工的孩子办的小学里去上学。学校的老师说：“现在国家制定了新政策，每个孩子上学时都要有一个学籍号，有学籍号的孩子才能一直升学，而没学籍号的孩子就没有继续升学的机会。”小女儿上的小学没有办学资格，孩子们没有学籍号。看来，小女儿也读不了几年书了。

第十四章　文明恐惧症

㊀

我领着两个女儿从崇山峻岭里的古田空城来到北京，到这个文明社会里，都有不少年头了。托先祖的福，我和孩子们每天吸着雾霾，吃着“毒品”，但都活得很健康，如喝了郭靖大侠身上的毒血，百毒不侵，从不生病。我身体没病，可我心里有病了。

我现在得了这个文明城市衍生出的文明病，已病得很重了。我得了“文明恐惧症”，成了“恐归族”，我不敢回老家看母亲。在男权社会里，老家已没有我的家了。项羽说：“富贵不归故乡，如锦衣夜行。”衣锦才能还乡。我这个失败者不敢回去，我害怕看到亲人们歧视的目光。我愿意在陌生人语境的大城市吃所有的苦，但我不敢回到故乡的熟人社会中去。我还得了“恐男症”，青年时离开家出了门，迎头撞上的不是流氓，就是官蝗。命运恐吓了我，使我不敢再和男人来往。我一直相信，如果没有我先祖的庇佑，我和我的两个宝宝是无法活下去的。现在的我，不敢和男人说话，也没有和男人说话的机会。过去做育婴嫂时，每天和我说话的人，也只有女人。我不敢再和男人有来往，过去的经历如芒刺在背，常让我头涔涔，泪潸潸。我每天如深山尼姑一样，呷苦心莲子茶，去火止欲。我深深地理解一些女人为什么要做“齐天大剩”。

得了“文明恐惧症”的我，不愿意看电视，一打开电视，就有成功人士在教人如何成功。这些成功人士有没有想到，社会的金字塔顶上的土地，能容身的只有寥寥几人。成功人士是把数以亿计的失败者踩在脚下才能站在塔顶上，金字塔的基座是由无数失败者的血肉铸成的。我是个失败者，失败得我连去还张为民五千元的勇气都没有。

我害怕他和我说：“你看我们都是顶着脑袋进北京的，你看看我现在的别墅。”我从不羡慕他，但我很讨厌他，讨厌他用歧视的眼神看我，只因我是一个失败者。

中国人里这个叫作农民工的群体，他们有好多个亿。他们背井离乡，和亲人分离，简单谋生。他们的父母叫“空巢老人”，他们的妻子叫“留守妇女”，他们的孩子叫“留守儿童”。我是他们，他们是我，我们构成了金字塔的底座。这是我看到的文明社会，我对这个文明社会深深恐惧。

我时时想逃，可我的女儿们在这个文明社会里生活，大女儿和这个文明社会融为一体了，小女儿还小，还要我照顾。我年龄大了，已没有勇气领着小女儿来一场说走就走的跋涉了。

我只能等着小女儿再大点后，我再逃。这次，我决定逃到大海之南，逃到天涯海角，逃到热带的原始森林里，搭一个人字形的茅棚，躺在槟榔树下，享受着椰风、泉水、果汁、树上掉下来的熟透的木瓜。饿了，捡起来吃一个，森林里的大榕树安详地看着我。

我想好了以后的活法后，尽可能地用更多的时间，给大地上没有尊严的人，鞠温暖的躬。这时候的我是最幸福的人，就这样，我经常穿行在闹市鞠躬，很充实，很快乐。

在这个世界上，要想变成一个完整的人，除非有足够的钱，如果没有钱，那就没人把你当人，没人认可你。

每当我给大街上的保洁工人、绿化工人鞠躬时，他们对我亲切地微笑，我对他们微笑。他们都是头发花白的农民工，像他们这样的老人只能找到这样的工作，只能做这样的工作。我和他们相视而笑，我们互相理解，我们都是被这个社会屏蔽的人。我们都穿上了用卑微的米粒做的隐身衣。

㈡

有了目标，有了计划，我坦然、欣然，每天晚上都做梦。梦里我回到襄阳城，回到童年。童年的我成绩很好，很自信、骄傲、蛮横。

记得在1980年，大伯伯家里的墙上糊的年历是影星李秀明，大哥哥说李秀明的漂亮是全国第三名，张金玲是全国第一漂亮。大哥哥又对我说："我们菊人长大后比张金玲还漂亮。"

黑夜里，黑沉的梦境把我带回到幸福的少年时光。童年，家门口的道场，道场边是轮回井，轮回井旁大桑树爷爷安详地看着我们。我偷偷地拿了父亲的半瓶白酒。我和青青表姐、梅花姐姐对着酒瓶一人喝一口。我们学着李白的样子，醉后读诗、作文。我们仨一起朗诵："花间一壶酒，独酌无相亲……"读完了《月下独酌》，我们又一起读刘震云的《塔铺》。我们仨都爱看刘震云的《塔铺》，《塔铺》里面有一个叫王全的人，我们都觉得和我们的大哥哥一个样。童年的我们，月下酌酒，读诗，习文，我想永永远远地待在童年。我在每一个白天，都盼着黑夜来临，回到我的梦里。

梦中的我，是女王的孩子，是土地的主人。梦中的我不是那个拉着两个孩子流浪的妈妈。我每天最幸福的时光在梦里。

我在报纸上看见过一篇文章，讲的是野鸳鸯多离散，说出门打工在外的农民工们离开家乡后和异地男女自由结合，基本上都以离婚结束。只可怜那些单亲的孩子，野鸳鸯里的妈妈都没有能力带走孩子，都抛弃了自己的孩子。后来，我从《京华时报》看到一篇表达一样感情的文章《单亲留守儿童困守广西山村》，妈妈们都抛弃了自己的孩子，这两篇文章都在为孩子垂泪。我边看边哭，边感谢我的先祖，是他庇荫我，使我能领着孩子长大成人。

贫穷是一把锋利的匕首，直指人心，割断亲情。我现在只和我母亲经常联系。

我好想拥有一场好多好多海水都淹没不了的爱情。我好想遇到一个像颜回一样的男子，他和我箪食瓢饮，其乐融融。我们共同躺在原始森林的大榕树下，看着刘震云的小说，看着阎真的《沧浪之水》，一边看着，一边笑着，脸上挂着泪珠。看李娟的作品，读李娟妈妈的故事，想到天边有一个和我有一样经历的女人，那个女人有个女儿，女儿是著名作家，我的心里好过点了。

可是，在红尘中，我遇不着。我只能祈求，让我在夜梦中邂逅他，和他相识，相知，相恋，相爱。我在每一个白天都祈求黑夜的来临，快让我进入梦里。

又一个黑夜来临，我在梦里遇见了名导冯小刚的妈妈，我紧紧地拉着她的手，我问她，你是哪一方的神呀？同样是母亲，为什么你吃完了所有的苦，就能让你的孩子享福？为什么我这个妈妈，能吃下所有的苦，却不能让我的孩子享福？冯母看着我，拈花一笑，走了。我醒了。(见冯小刚《我把青春献给你》)

我每个白天都在祈盼黑夜来临，我希望在黑夜里，在睡魔的怀抱里和冯母相遇，把酒言欢，向红尘的母亲学习《哈佛女孩刘亦婷》，向地府之中的母亲取经。

不遂愿，一连好多天，我都没有在梦中遇到冯母了。

冯母从我的梦中消失了，颜回也从来不来我的梦里。我一连好多天都没在梦中回到襄阳城我的故乡了。

我在每个白天，一边干着在村里接的手工活，一边伤心。现在，连黑沉沉、黑甜甜的睡魔也不和我交好了，我的精神越发不好了。

看到现在网上一句流行的话："自从得了精神病，精神就好多了。"

我想起著名的"格式塔试验"：只需要一面镜子，每天对着镜子问："我是谁?"连着问二十一天，就能变成一个重症精神病。我认为我是一个有责任和担当的人，我不敢让自己变成重症精神病。我决定对着镜子连问三天，只要有点轻微的精神病就好了，这样就能治疗我的"文明恐惧症"。我认为这是"以毒攻毒"治疗法。

我对着镜子连着问了三天："我是谁?"我感觉我的

瞳孔散了，看人的眼光变直了。我赶紧制止了自己，不再发问，我的精神也好了很多。

我没房子，没财产，我想回家，发现没有家了。难道要漂泊一世吗？我现在只能默默地守望着小女儿长大。等小女儿长大后，我就隐遁在原始森林的大榕树下，默默地等着死亡之神和我相拥入眠。

想当年，天涯浪子，漂泊尘世。漫步云烟，寻魂问魄。秋风萧瑟，驿路长歌。看如今，醉饮往事。抚今追昔，魂在何方。魂兮，魂兮，归来吧！魂不应，大盗不止，如影随形。

我等着孩子长大，我就告别孩子，浪迹天涯……

回首前半生，为了寻找灵魂，我看了几百本哲学书，却只能记住哲学家的名字。看了几百本心理学书，看了几百本早期教育学书，都一无是处，一无所有，什么也没找到，只有虚空的虚空。

我又去亲近自然，我在墓地抚摸了几百具白骨，询问灵魂。白骨沉默无语。我在原始森林里，和成千上万棵大树心电感应，大树无动于衷，只有蝗虫嗡嗡在叫。

最后，我在丘成桐先生的书中找到了一知半解的答案，在霍金的《时间简史》里懵懵懂懂明白了点，想通了姬昌为什么能画地为牢，姬昌和老庄都曾误进过高维空间里，我们每个人都还是有一个永恒的灵魂的。神行太保戴宗为什么能日行八百里。我继续空想下去，我觉得我无能为力了，我感觉好累。对于从小啃红苕长大的我来说，保持现在这样饿不死的局面就挺好了。

㊂

舅舅张毛福的魂魄在阴曹地府的炼狱受刑了两千年。本该马上投胎的虞姬之魂默默地等着，等了两千年，和项羽之魂，在1944年一起投胎，这辈子他们分别叫作张毛福和杨大狗。张毛福和杨大狗幸福地守望了一辈子，因为在地府的炼狱里受刑了两千年，霸王之魂只剩下了气力，张毛福这一生只能力拔山兮。虞美人也只剩下了美貌，杨大狗的美貌倾国倾城。

刘邦的皇后吕雉，本和刘邦一样没有投生之机会，后来公正的判官翻开功过簿，感叹吕雉一生有恩必有报，还能在自己都吃不饱的情况下把继子养得肥白可爱，如此良善之心，所作之恶皆是为了子女不得已而为之，乃是人间第一护犊的母亲。判官遂决定让吕雉之魂附身于天顺公的后人之肉身，为天顺公繁衍后代。阴曹地府是最公平的，吕雉之魂到人间后还要继续赎罪。

判官把韩信、戚姬的魂魄一并和吕雉之魂一起附身于天顺公的后人身上，好让吕雉日日赎罪。

同时，来到天顺公的后人身上的还有苏秦之魂、王勃之魂鱼玄机之魂……

母亲张毛狗和父亲范克礼不幸福地生活了一辈子。父亲一生抑郁，在六十岁时郁郁不得志地离开了人世。母亲好不容易有了来到人间的机会，同时，她还要在人间赎前生的罪。她精心伺候了女儿范桂人二十年后，还清了上辈子的孽债，范桂人因病离世。

段成式和温庭筠、李商隐的诗文在晚唐号称“三十六体”。段成式一直仰慕当时的才女，温庭筠的知音鱼玄机的才华。段成式一直在地狱里等着鱼玄机投胎转世的一天，在奈何桥上因紧抱鱼玄机的腿，这辈子在人世间，鱼玄机瘸了。威风凛凛的金枝公主的魂魄，不听判官调遣，投胎到杨大狗的家里，让杨大狗做她的母亲。这户人家就有了两个倾国倾城的美女。

苏秦、王勃的魂魄听从判官调遣，投胎到天顺公后人的身上。

天顺公感叹官绅查伊璜碰到乞丐都礼贤下士，恭敬有加，开中国历史之先河，特让三个世不二出的文曲星的精魂投胎于他的后人身上。

查伊璜的后人把天顺公守襄阳城的千古绝唱写成武侠小说，让中国人代代传播。

高智商的、有思想的文盲张毛狗生下了她的二子三女：范云、范飞，范桂人、范梅花、范菊人。

张毛狗的大儿子范云连着几年复读却考不上大学，落榜后在家折腾好几年，没折腾出名堂，便决定做个踏实的农民。可大哥做农民的那几年，税费太多，让乡村的文艺青年都有了用武之地。我们邻县的李昌平给领导人写了一封信，向领导人说实话，哭诉农村真穷，农民真苦，农业真危险。爱演讲的大哥也被村里人推为告状的头，抗议乡政府摊派的、大家都记不住名字的各种税费。大哥为了理想，害得我们和他啃了好多年红薯，可啥都没做出点名堂，遭到村里人嘲笑。现在看大家推他告状，马上像打了鸡血似的兴奋。只要有人听大哥说话，大哥可以几天几夜不吃饭地说，可从来没人听是个失败者的大哥说话，把大哥急得恨不得拿嘴磨墙。这次村里人集体委托大哥告状，大哥哥高兴坏了。

大哥哥天不亮就骑上自行车赶到襄阳市中心的新华书店，买了几本国务院制定的农村政策法规的小册子，晚上开始悬梁刺股地把政策吃透了，烂到肚子里了。

接着，大哥开着拖拉机，领着村里的精壮劳力，来到襄阳市政府。到现在我还记得大哥向我描述时骄傲的嘴脸。大哥进了市政府的一间办公室，找人反映情况。

办公室里一个公务员推大哥走，让大哥哥出去。大哥哥愤怒地说：“你给我出去，你叫公仆，是公民的仆人，我是公民，我是主人。你这个仆人，还赶我主人出门，反了天呢？”这些坐办公室的公务员从来没听过这种新奇、泼辣的理论，都怔住了。

大哥又说：“知道你们为什么叫公务员吗？就是为公民服务的人员。没有我们这些公民，就没有你们的饭碗，就用不上你们。公民听你们的，可老天爷不听你们的。今年天干，不下雨，稻谷都焦了，旱死了，一颗也没收，你们还收那么多税，还叫我们这主人活不活？没有主人呢，那也不需要你们这些仆人了。皮之不存，毛将焉附。水能载舟，亦能覆舟。老话说了几千年呢。”

大哥又马上背了一本他现学现卖的关于国家政策的书。

听着大哥的描述，我能想象得出来，大哥说话的时候，肯定像天上下大雹子，把足不出户的襄阳市的公务员砸得一愣一愣的。公务员马上做出英明正确的决策，宣布对我们村免税。

大哥屡告屡赢，造福了我们村，大家都叫他告状状元。大哥娶了大嫂后，生了三个孩子。本来早该出门打工赚钱了，可因为受村里人抬举了，叫大哥告状状元了，大哥宁愿让嫂子和侄子们吃红薯都不出门。他这个失败者要坚持留在村子，要享受那告状告赢时短暂的欢愉。这是他最幸福的时刻。

2006年，国家停收农业税了，大哥的一张好嘴也没有用了。大哥失望地收拾了行李，来到四川，来到雅安周公河旁的建筑工地。他灵魂的密电码里始终没有破解当年他遗失在江水的剑。即使到了来世，他还要苦苦寻觅。

小哥哥范飞有前世的灵气，十三岁通过高考考上了大专，二十岁就当官，日子过得顺风顺水。马斯洛的五个层次需求，小哥哥都得到了满足。过完了前半生的好日子，在四十岁那一年，小哥哥迷上了赌博。可小哥哥不能像丑皇后钟无艳一样，同时让好多个魂魄附身于肉身。没有赌鬼帮忙，小哥哥输得一塌糊涂。小哥哥的好日子也过到头了，追债的如影随形跟着小哥哥，小哥哥也当不了官了。

妈妈在电话里平静地叙述着这一切，她说这不是小哥哥的错，每天看电视里的《襄阳新闻》，都能看到赌博的官员被撤职的消息。是小哥哥的朋友把小哥哥带坏了。我听了她的话，无语，真是醉了。如果小哥哥的朋友听到妈妈的话，要气晕了。真是个护犊子的妈妈呀！

梅花姐姐把她写的诗都烧光了，找了个不识字的乡间少年在山脚下的霸王中学过日子，一过就是二十年。

前世所受的名声、杀戮之苦，在梅花姐姐的脑海里不能忘却了。在今生，梅花姐姐竭力躲避名声，躲避才子，梅花姐姐能躲过吗？

威风凛凛的金枝公主投胎于人世，连鬼神都惧她三分。

青青表姐做了十年“鸭司令”后，她的姑妈，也是我的姨妈，是襄阳城里的第一批百万元户，给青青表姐买了个城镇户口。

感谢我的先祖，他保佑我们活着。

久别重逢

在汉水边漫步
这是春天，有风
微风簇浪 拍打江岸
那岸边的草 菁菁葳蕤 点点黄花斗佳秋
此刻，忘了我是布衫还是锦衣
只有风、同吹我的草帽、我的布衫，
我的春天

在汉水边漫步
这是春天，有雨
雨落长河，从天汉到襄水到东津
从鹊鸟桥到汉江二桥到东津大桥

此刻，忘了我是村妇还是女人
只有雨，雨打了我的蜀葵，我的村
庄，我的远山

在汉水边漫步
这是春天，有云
云涌河汉，银河璀璨
我的长发璀璨，母亲的白发璀璨
此刻，忘了我是仙人还是俗人
只有云，云动我的麦地，我
的瓜棚，我的天河
这是春天，有晴也有柳絮
无我

后记 | 捞月亮

小学课文中，我记得最清楚的是《捞月亮》。到现在，我还记得课文里的插图和课文里的最后两段话：

> 小猴子伸手去捞月亮，手刚碰到水面，月亮不见了。
>
> 老猴子一抬头，看见月亮还在天上，他喘着气，说："不用捞啦！月亮好好地挂在天上呢！"

童年时，池塘的水边有树，水里有树的倒影，岸上有树，水里也有树，如果对着水里的树扔一块石头，那水里的树便如人间刮起了台风。

我二十岁来到北京，在北京的鬼市摆摊，在东三环的一条马路上听到了各种各样诡异的、奇特的故事。我总觉得这些故事就是水中的投影，每一个人讲述一遍，就是影子被扔了一颗石子，故事显得神秘、模糊，我想把听到的故事串联在一起，如童年时做作业，把几个词连成一句话，或者是把几句话连成一段话，用连线的方式做题。

我不知道如何把我听到的故事串联在一起，觉得用“我”开头会让听故事的人更易产生信任，只有这样讲，别人才不会离开书场，才有人听，如莫言的《红高粱》就是以“我爷爷、我奶奶”开头。

我看的文学作品，大都有悲剧之美，如黄平在《出东北记》里提到的东北当代作家群笔下的下岗工人、魏思孝笔下的农民、郑在欢笔下的留守儿童和荆永鸣的《北京房东》。记得大约在2012年看到一篇叫《浅生活》的小说，发表在《人民文学》上，看完后，泪流满面。

我是谁？我是诗人寂之水《审判》里的女人，是郑小琼的“田建英”，是池莉笔下戴着“托尔斯泰围巾”收废品的农民。

文学是悲剧之美，是水中月、镜中花，是张继的夜半钟声，是刘长卿的杳杳钟声，是寺庙里的阵阵木鱼声。

这本书的初稿，七年前已完成，三年前，由大学生志愿者把手写稿录入转成电子文档。感谢默默奉献的志愿者朋友，应该把他们的名字一一呈现，写在后记里。文学小组的负责人付秋云说，因换过几次手机，已找不到志愿者的名字，希望有缘遇见，再当面致谢。

2022年6月于北京

后沙峪

附录一

我写，我在

我写，我在

我从来不觉得自己是个作家，我觉得自己是撞大运了。我属于那种从农村出来的普通女性，懵懂、惊惶、倔强、坚韧。二十岁时，我刚来北京，那时候整个人是混沌的，什么也不懂，就有一种天然的自卑感，觉得不如人家城里人好。

我这一辈子都糊里糊涂地活着，麻木地赚点儿钱，养活自己的孩子。2012年春节，我和孩子一块儿看春节联欢晚会，有一个小品叫《荆轲刺秦》。第二天，我跟孩子说，这个小品我能写一个小说，你看你舅爷爷不就跟项羽一模一样。大孩子说是啊，舅爷爷不就跟项羽一模一样。

直到2014年，我参加了文学小组，才开始写这部科幻小说。等到2017年，我凭借《我是范雨素》一举成名，仍然没有写完这部小说。成名后，我辞掉了月薪六千的育儿嫂工作，每天上午去做家政工，下午和晚上读书、写作。

忽然间我给自己定了一个目标，要写好这本小说，不管能不能出版，能否赚到钱，我要做好这件事。虽然每天箪食瓢饮，吃得特别差，住得也特别差，但因为有了目标，就有盼头了，有精神头了。

我们都知道生存是第一位的，为什么还要做这些风花雪月的事儿？我觉得跟人的生命有限是有关系的。我们文学小组有个家政工朋友叫施洪丽，她有一次去拜访曹雪芹纪念馆，看到两棵古老的槐树，她感慨："这世界上的一切生命都是会消逝的，什么能让它们留下来呢？大概只有曹雪芹那样的文字吧。"

我很清楚，我写小说，弄不好几年的时间都扔了，也赚不到一分钱，那也没关系，扔就扔了。电影《寻梦环游记》里说，人的死亡有三次，一次是呼吸停止，一次是葬礼，最后是当所有你爱的人也都离世或者把你遗忘了。但如果一个人有了文字，有限的生命就进入到无限的时空中了。

文学小组开办到今天，有好几百人参加。北京这样的地方，免费的文学讲座多极了，但有时候我们这些人是不好意思进的。你说考上"985""211"的农村学生都有天然的自卑感，何况我们。我们文学小组在皮村工友之家，不是那么冠冕堂皇的地方，甚至看起来破破烂烂，谁都能推门就进。我们有一个公众号，有一本文学期刊，还有一个教室当课堂，这些跟工友的气质相吻合。大家觉得，这里真是一个好地方。

文学小组的老师都来自著名学府。张慧瑜老师坚持至今已有七年。在我和工友眼中，他做我们的老师是一件只是奉献没有收获的事，因为有的工友要生存，连晚上上课的时间都挤不出来。在这种看不到成果的劳动中，慧瑜老师仍默默地奉献着。这个世界因为有了这些奉献的人，而变幻出诗意的篇章。

我的工友们大都写自己的故事或者亲身经历的故事。我们写作的意义是什么？不会为我们带来名和利。有的说，写作使我们被看见，使我们受到尊重；有的说，写作使我和别人不一样了，使我在平凡的生活中有了非凡。每个阅读的人，都能提起笔来写作，有一个文学梦，是我们每个人心中隐秘的愿望。你具备了写作能力，你具备了表达能力，你被别人看见了，那你就不在阴暗的角落里，就没有人敢忽视你了，至少不受欺凌了。有一次，一个家政工跟我说，她写的一篇文章在公众号发表了，高兴得一夜没睡觉。她的人生经历被看见了，文章被发表了，再小的公众号发表对她也是一种认可。

当然，我们也感谢今天这个时代。如果没有互联网，我们就不会被那么多人看见。

莫迪亚诺说，我们都是海滩人，沙子只把我们的脚印保留几秒钟。村上春树说，经过一段岁月之后，再以旅行者的身份去拜访一个曾作为居民生活过的场所，是一件相当不错的事。在那里，你好几年的人生被切割下来，好好保存着，就像退潮后的沙滩上一串长长的脚印，十分清晰。

苏东坡说，人生到处知何似，应似飞鸿踏雪泥。民国初年，有个日本政治家说，活着，就要在地球上踩出一个个大大的脚印。

科学家说，虽然科技日新月异，但能把信息保存得最长久的方式，还是古老的文字。我们写下文字，就是把海滩上的脚印做成了一件大地上的田园石刻，做成了一件与大地永恒的雕塑，它使我们的精神生命永恒。著述和繁衍是仅有的能对抗死亡的两种方式。

感谢万物互联的互联网，使历史不再是帝王将相的家史，每个普通人都能写作，都能留下自己的文字，都能被看见。

我写故我在！

蓬头稚女乱翻书

童年时，放学了，我有时跟着村里的大哥哥、大姐姐到地里割猪草；有时，在我的大伯父家里玩耍，写作业。大伯父叫范克家，年轻时是国民党将军李朗星的秘书，和我的堂伯父范克国被抓壮丁，拉去当兵。堂伯父范克国跟着张自忠将军抗日，死在了湖北监利的抗日战场上。我的曾祖父是私塾先生，大伯父是私塾学生的孙子，是读过书的人，这在当时的部队是少有的，他也因此被选拔当了李朗星将军的秘书。1940年5月20日，日本侵略军第三十九师团二二三联队侵犯襄阳，李将军令家乡的子弟兵在唐门石洪山头一带阻击，击毙了日军队长神崎哲次郎大佐的三百余名士兵。后来，李将军去了台湾，见到了蒋介石，蒋问："你的兵呢?"跟随李将军打仗多年的家乡子弟兵都留在故乡建设新中国。李朗星听了蒋的问责，羞愤自杀而死。大伯父在当秘书时掩护过地下党，解放了，党安排大伯父在供销社上班，是国家职工，大伯母在村里种地，大伯父的一生云淡风轻。

我上小学时，大伯父已经五十多岁了，因轻微中风病退在村里。

我在大伯父家写作业，因懒，写字乱画，画得比鸡爪还难看，大伯父从不说我一句，还拿着闹钟计算，我一分钟能写多少个生字。写完了字，我就在大伯父的家里看电影海报。大伯父家的大堂哥在电影院上班，大伯父家的墙上、顶棚上都贴着电影海报，每张海报上都配有故事梗概和图片说明。贴在天花板上的，我看不清字，就搬个板凳放在大伯父家的饭桌上，然后站在板凳上看。大伯父总是颤巍巍地站起来，帮我扶着凳子腿。大伯父对我很好，很爱我，但他已离开我很多很多年了。

我的父亲也当过兵，父亲在部队上的军校，在厦门修了七年飞机，后来负伤做了农民种地。

我们小时候家里很穷，大多时候吃红薯，偶尔吃一回馒头。我是个穷人，却又有富人的风度，我吃馒头要剥馒头皮。父亲耐心地一点一点帮我剥馒头皮，从不说我一句。最后，他把剥了皮的馒头递给我，他把馒头皮吃了。

父亲离开我很多年了，他很爱我，我经常在梦里看见他。

我在九岁那年，看了在兰州上大学的堂哥带回来的《读者》杂志，里面有一个故事是《哲学家如是说》，是讲希腊科林斯的，说第欧根尼什么也不干，每天睡在垃圾桶里，可是还是有很多人尊重他，听他说话，连大帝亚历山大也来到他的面前，向他表达敬意。我觉得做这样的人太幸福了，不用写作业，不用割猪草，不用放牛，还受人尊重。于是，我在九岁时便有了理想，要当个中国的第欧根尼。

成年后，我来到了北京，把日子过成一地鸡毛，一塌糊涂，穷得叮当响。我用童年的理想鼓励自己活下去。既然选择了做第欧根尼，那就要不惧贫穷，不惧困难，不慕荣利和富贵。

后来，我成了网红，很多人好奇地问我，为什么不借此机会发大财？可是，我童年的理想、童年的意识是要做第欧根尼呀。我只想躲在城市的一个角落里，一个垃圾桶里，默默地活着，只要饿不死就行了，我不想违背自己童年的理想。宇宙广袤，什么样的生命都具备，我只愿按照自己的生活方式活着。

大伯父家里的电影海报一年换一次。我的童年看了很多很多的电影海报，记得住好多电影的名字。记得家人看到《城南旧事》的电影海报时，说我长得和演小英子的沈洁一个样儿。听了这样的话，我好高兴。

还记得有一次，大哥哥和小哥哥参与了电影海报的讨论。大哥哥说，我们小娘娃子长大了要和李秀明一样漂亮。小哥哥说，李秀明的漂亮只排第三，小娘娃长大了要和张金玲一样漂亮，张金玲的漂亮是排第一的。大哥哥和小哥哥对我长大后的颜值怀了很大的期望。可我一直迷惑，他们给人的美貌排名次的依据是什么？大伯父有一套《金陵春梦》，长年累月放在大伯父家的餐桌上。大伯父把那套《金陵春梦》翻成了卷毛脏书，大伯父大概是怀念在国民党部队当兵的日月。我在七岁时看的第一本小说《陈胜》也是大伯父的藏书。大堂哥的房间里有《连环画报》《富春江画报》，这些画报上有人像，也是我儿时常翻之物。

我还喜欢到二伯父家里玩，二伯父家的大堂哥在兰州读大学，二伯父家堂屋的墙上贴满了大堂哥写在红纸上的名人名言。比如："你想成功，你就能够成功。你想得到什么，你就能够得到什么。"这是卡耐基说的。二伯父家里有大堂哥从兰州带回来的杂志，有《读者》创刊号的好多文摘。我在二伯父家看了《卡耐基传》和好多期《读者》。

大伯父家、二伯父家、舅舅家、我家，我们四家的房子连着房子，我在舅舅家里看的书是最多的。舅舅家里的大表姐上了两年半的小学后，因羡慕她同班的小伙伴辍学后每天在教室门外放猪，看起来好自由，还不用写作业，于是，大表姐说自己也不上学了。大表姐为了表示自己是个守信用的人，任凭舅舅和舅母好多次把她抬到教室里去，也死活不上了。大表姐虽然接受的学校教育少，但无师自通，会看一本一本砖头厚的小说。大表姐长得漂亮，脸若门口塘里粉色的莲花，脖颈如堂屋里中堂画上的仙鹤的颈子。我看到大表姐就想到奶奶教我的儿歌：鸡冠花，狗尾草，白鹭对乌鸦。我认为大表姐是朵鸡冠花，是一只白鹭。我从小自卑，自认为自己是狗尾草、黑乌鸦。

我从记事就围着大表姐团团转，希望大表姐的美貌如感冒病毒一样传染到我身上。大表姐身上全是优点：会干庄稼活，干地里活不像别的小孩一样老跑路，而是如将军花木兰一样，一板一眼，精干利索，能从早上干到天黑。大表姐的手如七仙女一样灵巧，任何繁复的毛衣花样，大表姐看一遍，就会织。大表姐有阅读习惯，村里有阅读习惯的少年、男青年都把书送到大表姐手里。大表姐看的书我全部看过。大表姐看的书有三类：武侠、言情、小黄书。武侠类是金庸、梁羽生、卧龙生，言情是琼瑶、玄小佛、雪米莉、岑凯伦，小黄书是《少女之心》《女谍风云》。大表姐长大后，也不同凡响，和名人雷锋叔叔的侄子结婚了。雷锋叔叔不是普通的名人，我和雷锋叔叔也成了拐弯的亲戚。心灵手巧、勤劳智慧的大表姐在襄阳城买了四套房。我在成年之后，经常纳闷，我的童年看了好多小黄书，我怎么还如白莲花一样出淤泥而不染，人品好，且有道德呢。

童年，我还用耳朵阅读。我的小哥哥是神童，比我大八岁，他长得如男版的山口百惠，八岁能背一部《水浒传》，我在襁褓中时，他每天晚上在堂屋里开书场。我种地的大哥哥只要干庄稼活，就跑路了，然后，拉着刚学会说话的我，大腿一拍，说自己腹内装有五车书，连着说上八个小时。我在知识的轰鸣声中长大。在我长大后，我决定和他们不一样，要和他们有不一样的故事。我看到小哥哥有本韩树英的《通俗哲学》，我觉得学哲学才是高大上的人。我在少年时期懵懵懂懂、囫囵吞枣地看了一套《猫头鹰文库》，但学了哲学之后，总觉得自己脑子不清楚。

百年，也只是流光一瞬，今年，我四十六岁了，回看三十年来我的阅读史，如青梅煮酒，生涩有香气。

一家农户的百年史

我的祖父叫范均海。这名字是我曾祖父范文伦起的，曾祖父是村里的私塾先生。

曾祖父给他的三个儿子，也就是我的爷爷辈分别取名为范均江、范均海、范均洲。曾祖父活着的时候给自己的八个孙子，也就是我的父辈，用八个字命名：“国恩家庆，仁义礼智。”我的父亲是含有礼的那个字，叫范克礼。

我的爷爷范均海，出生于1906年，和溥仪皇帝是同龄人。爷爷奶奶和他们的子孙也是一部家国史。当年，德国作家托马斯·曼曾经把一本卡夫卡的小说送给爱因斯坦，但是爱因斯坦第二天就把小说还给了托马斯·曼。爱因斯坦说，人脑没有这么复杂。

科学家说：“宇宙是用数学的语言写成的。”一部微缩作品反映一个时代的变迁，就是一个社会分形元，比如曹雪芹的《红楼梦》描述了清朝时期的社会分形。

爷爷范均海和他的子孙们就是一个国的分形。家国天下，家就是国嘛。

爷爷在五十五岁因病亡故。

奶奶周顺英活到八十四岁，年龄大了自然亡故。

爷爷奶奶有三子二女。三个儿子大，两个女儿小。五个子女，其中大伯父叫范克家，出生于1925年，在襄阳县供销社上班。在那个年代叫吃国家粮的人。

二伯父范克义，不识字，做了一辈子农民。

我的父亲范克礼，出生于1935年，解放了，也就是1949年，考上了中学，在十四岁时去上学。当时整个襄阳城只有两所中学，父亲算是个村里的知识分子。但因为家里穷，读不起书，父亲辍学去当兵。在厦门当了七年技术兵，后来复员回家，做了农民。

我的大姑没上过学，在邻村做了一辈子农民。

我的小姑出生于1946年，是家里最小的女儿，又赶上解放了，妇女能顶半边天。小姑上过高中，做过乡镇干部。我的小姑父是军官，后转业到湖北省委。小姑姑一家在省城武汉住，他们的三个孩子从小学开始上的就是中国的名校。

父亲这一代，有做官员的，有做工人的，有三个做农民。

爷爷奶奶生了五个孩子，共孕育了二十三个孙辈，其中我的大姐姐少年早夭，还有二十二个。

这二十二个孩子中，大伯父是半边户，大伯母在村里种地。大伯父有五个孩子，我的五个堂哥堂姐。因大堂姐是女孩，只读了几天书，便辍学挣工分补贴家用，后来嫁到邻村做了一辈子农民。其余四个堂兄姊，都谋到了城里的工作。

二伯父没上过一天学，做了农民。二伯父的五个孩子中，两个堂姐姐最大，也早早去赚工分，补贴家用，好让三个弟弟读书。两个堂姐姐做了农民。二伯父家的大堂哥考上了大学。大堂哥出生于60年代初，那个年代，人才稀缺，大堂哥分到北京的部委里。二堂哥高中毕业，没考上大学。在他毕业那年，襄阳县政府在应届高中毕业生里通过考试选拔乡镇干部，二堂哥考上了，做了乡镇干部。小堂哥不会读书，成绩不好，读至小学毕业后便辍学。

二伯父的五个孩子，有三个是农民，一个是乡镇干部，换算一下叫中产，一个在北京的部委。

我家有五个孩子。我的大哥哥高中毕业，连着复读两年，却也没考上大学，做了农民。我的小哥哥是神童，很小的时候通过了高考，当过小官，现在是高中老师。我的母亲给两个儿子起的学名，也是官号，叫范云、范飞，希望两个儿子成人中龙凤，都当官。父亲觉得母亲起的名字太“高大上”了，给两个儿子起了个小名，大哥哥叫耕坡，小哥哥叫镇坡，一个种好地，一个管好地。一语成谶，一个当了农民，一个做了小官。我的大姐姐在婴儿时期，发烧得了脑膜炎，傻了，后来少年早夭。我的小姐姐高中毕业后，当了民办老师，后转正了。我几岁辍学，是农民。

我的大姑有五个孩子。成年后，他们有一个通过了高考，后毕业分配到县五金公司，逆袭成了中产。有两个做粮油生意，很早就在城里买户口、买房了，是市民。还有两个在襄阳城里开了一辈子出租车，也买房、买户口了，是市民。

我的小姑有三个孩子，她的孩子从小学读的就是中国名校水果湖小学，他们成年后也前程似锦，不赘述了。

爷爷奶奶的二十三个孙辈中，有六个人是农民，四女二男。爷爷奶奶的曾孙辈共三十人。六个农民孙辈孕育了十五个孩子，这十五个孩子除了二伯父家的大堂姐的两个孩子读了“数字序列”（“985”“211”）大学，逆袭进了好公司，还有五个也上了大学，但是普通大学，丁是丁，卯是卯，还叫作农民工。

大伯父家的大堂姐的三个孩子，因家里穷，都是只上小学就辍学了，少年时就做了童工。

堂姐夫因家庭琐事和邻居打架，在对打过程中，手里拿的棍子一棍致命，把邻居打死了。堂姐夫坐牢了，只剩大堂姐一个劳力，所以孩子没钱上学。

我的大女儿也只读过几天书，少年时就做了童工。因我是个单亲妈妈，我没能力让我的大孩子上学。

奶奶当农民的曾孙辈里，他们的小孩还有几个是未成年人，还在上学。奶奶的孙辈以及曾孙辈，各有各的命运。

1906 年生的周顺英

㊀

我的奶奶叫周顺英，生于1906年2月20日。奶奶的娘家离爷爷家约有二十里路。但我从来没去过奶奶的娘家。奶奶五十多岁时，爷爷因病离开人间，留下了奶奶苦撑在人间。

童年，我爱看小说，然后对着小说打量现实社会中的人生，我晓得奶奶的名字是周顺英，可是，文学作品里，1949年以前，女人是没有名字的，有名字的女人是寥若晨星的。

于是，我问母亲，奶奶咋有名字呀？母亲说，奶奶本来是没有名字的，是解放了，村干部说，女人也要有名字，于是，奶奶的儿子，也就是我的父辈给奶奶取了个名字。周是奶奶娘家的姓氏，顺是周姓字辈的排行，英这个字是随便取的了。

于是，我也明白了，文学作品里，说的不是假话。

奶奶共生了三子二女，三个儿子大，两个女儿小，奶奶在十九岁时生下了大伯父，在四十岁时生下了小姑姑。我的父亲在兄妹中排行老三，是小儿子。

奶奶一共有二十三个孙辈，除掉我大姑家的五个外孙，其余的十八个孙辈都是奶奶哄大的。

记忆中，童年的我，如小鸡雏围老母鸡。每天，我都跟在奶奶的身边打转转。

奶奶有干不完的家务活，我从来没看见过她睡觉，晚上，我睡觉时她在干活。早上，我醒来时她也在干活。

我小的时候，她同时哄着我和小姑姑家的三个孩子。每天四个孩子跟在她身边。

有时，她一边干活，一边教我们乡谣："搭伴冈的娃娃多，又打花鼓子又唱歌……"

有时，她还教我们唱"狗尾草，鸡冠花，白鹭对乌鸦。"

每当跟着奶奶唱童谣时，我就觉得自己变成了搭伴冈的娃娃，变成了一株狗尾草，变成了天上飞的黑乌鸦。

㊁

我还没上小学的时候，奶奶每天早上领着小姑家的孩子，喊我起床，给我穿衣服。我父亲和母亲已早早起床，去挣工分了。哥哥姐姐们已去上学了，只有我赖在被窝里，等着奶奶叫我，给我穿衣服。冬天时，我赖在被窝里，藏到被子的深处，不起来。

这时，奶奶哄着我说，小娘娃子是铁人，铁人不怕冷。每次，奶奶连着喊我几声铁人，我才同意穿衣服起床。

在童年的时光，我一直以为喊我铁人的奶奶，和天上的神仙一样，像土地庙里的土地爷爷、土地奶奶似的，是永恒的存在，是能长生不老的。

可当我十七岁时，奶奶离开了我，离开了人间。

现在，每当想起我当铁人的童年，我的眼里，就会泛起泪光。

㊂

在我五岁时，记得家里来了一个人，拉了一辆板车，据说是奶奶的堂侄，要接奶奶回娘家住几天。

奶奶是小脚，走不了远路。奶奶坐上了她堂侄拉的板车，回二十里外的娘家，我跟在拉奶奶的板车后边，跑呀跑，一边跑，一边哭，要跟奶奶一起走。

我记得，跑了一里路，奶奶没有理我，我一个人又回到家里。五岁的我跑累了，回家以后，没有力气爬到床上睡了，直接睡到堂屋的洋灰地上，马上睡着了。

二伯家的小堂姐上我家里来，看见我在堂屋里睡着了，小堂姐那时也不大，以为我死了，马上上地里找到我母亲，对母亲说，快去看看，小娘娃子死了。

母亲回来了，看我只是睡着了，把我抱到床上睡。

长大后，我问母亲，奶奶回娘家为啥不带我？母亲说，奶奶家只有姐妹五人，没有儿子，奶奶是老大，几个姑娘出嫁了，家里的房子和宅基地都给了周家族里的侄子，在农村，叫绝户的人家。

奶奶的堂侄，继承了奶奶家的房子，因奶奶是老大，堂侄感谢这个堂姑姑，接奶奶回去住几天。这个堂侄和堂姑姑都是远房亲戚了，肯定不能带我去。

这件事一直刻在我的脑子里，我跟着奶奶跑了一里路，哭了一里路，奶奶没有下板车安慰一下我，抱抱我。

在成年后，认识我的人，说我是个热情、善良的人，可是，每当我一人独处时，我觉得自己是冷漠、孤僻的人，是一个被抛弃的、奔跑着的幼儿。

㊃

记忆中，奶奶的三个儿媳都很孝顺奶奶，婆媳关系很好，奶奶的三个儿子更孝顺。

印象中，只有母亲和奶奶有过一次争吵。那时，我小，不记事，只记得母亲经常讲述那次吵架。原因是因为我的小姑姑，小姑姑那时候在大公社做乡镇干部，小姑姑是奶奶四十岁生的，所以，小姑姑属于奶奶老来得女了。

小姑姑上班的大公社，在那时，驻地就在我们村里，小姑姑的三个孩子，年龄和我，还有我的小姐姐、二伯父家小堂哥年龄相仿。

小姑姑家的三个孩子跟着奶奶。这时我妈妈提出意见，说奶奶同时哄六个娃子，如果累病了，那我们家是小儿子，娃子小，就没办法了，没人哄娃子了。

在农村，没有哄外孙这个说法，小姑姑家又不是吃低保的贫困户，小姑父是在武昌水果湖大院上班的处级干部，是当大官的人，能雇人哄娃子，在当农民的母亲眼里，处级干部是大官。

当母亲告诉奶奶不能给小姑姑哄娃子时，奶奶倏忽一下，跪在母亲面前，母亲吓得不敢再说奶奶一句了。

后来，在小表弟两岁时，小姑姑一家搬到武昌水果湖大院，奶奶没有了牵挂，一心一意地为三个儿子服务了。

㈤

2019年，《82年生的金智英》这本小说大火，我默默地把周顺英和金智英做了比较。

周顺英和金智英同为东亚女人，她们名字里都有一个“英”字，她们的名字都是随意取的。在这一个百年，周顺英和金智英都活在男尊女卑里，金智英是周顺英的曾孙辈。

周顺英身上有抗争精神，她并不全是逆来顺受的，周顺英五十多岁守寡，以一己之力撑起一个家，金智英的苦，在奶奶眼里不叫个事。

金智英受到婆婆的不公对待，她用精神分裂来逃避现实。但金智英上了大学，接受了良好教育，她为男尊女卑而愤怒。

周顺英没有金智英的觉悟，周顺英身上多的是逆来顺受，她们的异同，不胜枚举，这也是百年里第一代人和第四代人的区别。

今年是2020年，如果奶奶活着，那就有一百一十四岁了，114查号台可以搜索电话号码，我好想打个114，查一下奶奶在天国的电话号码，告诉奶奶，来生，我还是您的孙女，还是那株狗尾草。

修身与齐家

我曾在《人物》的一次演讲里说过："普通的农民工现在只操心孩子的教育问题，他们希望孩子能像城市孩子一样得到良好的教育，留在农村的农民最担心儿子娶不上媳妇。教育是修身，娶媳妇儿是齐家。"

修身

我从二十岁离开家乡以后，每次回家只是蜻蜓点水地待一两天就走，但因为经常和母亲通电话，对家乡的故事也了如指掌。我的小女儿，二伯父家的小堂哥的小儿子，我大伯父的孙子，还有我舅舅家的孙子，这四个孩子年龄相仿，是同龄人，可他们却分别过着四种不一样的人生，南辕北辙，命运各异。

我的小女儿叫北漂的孩子，叫流动儿童，没有北京户口，找学校很艰难。约在2015年，我看到《三联生活周刊》上的一篇文章:《被北京赶跑的孩子去哪里呢?》。看了后，我得到信息，把孩子送到衡水的私立学校读书去了。在衡水读书，一年下来学费加上生活费共需两万元。我做保姆，一年能挣六万元，还能养活孩子读书。我在北京租房的邻居对我说，他们的儿子，从小学就在老家合肥读私立学校，一年的全部花销是三万，他们两口子一年约能挣八九万，把挣的约一半的钱都花在孩子的教育上。

我舅家小表弟的孩子跟着打工的爸爸妈妈在福州南漂。福建对流动儿童制定的政策很宽容，孩子在福州的公立学校读书。表弟两口子对孩子学习很重视，还给孩子报了好几个补习班。

我二伯家的孙子，我小堂哥的儿子在老家的公立学校读书，从上小学一年级就要寄宿。小堂哥的孩子成绩不好，小堂哥两口子没出去打工，只是在家种地，也没给孩子报补习班。孩子如野草般疯长。

大伯父家的孙子，我侄女的孩子。侄女两口子是襄阳城里的医生，叫中产。他们的孩子在城里读书，双休日还要上几个补习班。

闲暇时，我经常想，这四个孩子的祖父母辈是亲兄弟姐妹，起点是一样的。当这四个孩子长大后他们的命运是什么样的？南漂的孩子？北漂的孩子？种地的孩子？中产的孩子？

齐家

每次和母亲通话，母亲都会和我谈起现在说媳妇需要多少彩礼。现在说一个媳妇要二十万彩礼，还不算上别的花销，比如，还要有城里的房，还要买个车。

我种地的大哥哥五十多岁了，还在杭州打工，给我的小侄儿挣彩礼钱。母亲说，现在谁家能说上一个媳妇都要供起来，屋里头的人，个个都要抬举她。

我琢磨，一百年前女人连名字都没有，叫×氏？像林徽因、陆小曼这样有名字的女人寥若晨星，所以被写民国想象体的人利用，说民国好呀，大师辈出。

我的母亲、我的祖母是解放了，1949年以后才有名字的。新文化运动一百年，女人有了名字，农村女人因为男多女少的缘故，物以稀为贵，大白菜成了龙舌兰，还有了至高无上的地位。

我家在襄阳市近郊区，村里做父母的，每天都为儿子们的婚姻愁白了头，那偏僻山区的父母不知道怎么在为孩子的婚姻煎熬。我在皮村的文友诗人小海对我说，他们村有一个女孩是傻女子，下雨天不会避雨。就这样，已经结了两次婚了，第一次结婚父母收了二十万彩礼，然后离了，重又找了个人家，又收了二十万彩礼，又嫁出去了。

现在的农村，让更多的女孩接受教育了，促进了男女平等。母亲说，村里有好几个在城里工作的人，退休了，回到村里，他们教村里的妇女跳广场舞。一到晚上，村子锣鼓喧天，有跳广场舞的，有扭秧歌的。

我的舅舅七十多岁了，舅母死了十几年了。舅舅守着两个儿子的两栋小楼和自己的五间大瓦房过生活。

舅舅家的房子是村子的俱乐部。舅舅的同龄人在农闲时天天聚在舅舅家里，打一毛钱一把的扑克牌。

村里上了六十岁的农民都有了退休工资，还给发了免费的公交卡，于是家家都挂着领袖的标准像，母亲说农民过上好日子了，个个还有医保，敢迈医院的门了。

三大件

现在的农村最头疼的事是给儿子说媳妇。我们村子是襄阳市近郊，位置好，原以为会好一点，可没想到也这么难，如蜀道一样难。

我二伯家小堂哥的大儿子今年二十五了，小堂哥一直在村里，捡打工人家抛荒的地，以及自己家的一份地，靠种地生活。种地太多，只能没白没黑地干，累得龇牙咧嘴，牙都豁了。

小堂哥靠辛勤的劳动，置办了两处大院子，盖了三栋楼，约一千个平方，还买了一台八成新的黑色名牌小汽车，小堂哥觉得这样就能给儿子说上媳妇，可是世道变得快，现在说媳妇，农村的房子不中用，只有城里的房子才有用，要有城里的房子、小汽车、二十万以上的彩礼这三大件，才能说上媳妇，没有这三大件媳妇不登门，小堂哥咬咬牙，在襄阳城里付了首付，我的堂侄才订了婚。

今年才四十九岁的小堂哥累得脱了形，比鲁迅先生《故乡》里的老年闰土还恓惶。我的大哥的儿子，我自己的小侄子，也到了要结婚的年龄，房子、车子、彩礼这三大硬件，至少要一百万才能凑齐。我大哥没有钱，在家种地也赚不到钱，我大哥哥托我小姐姐介绍工作，我小姐姐把大哥介绍到养猪场打工，小姐姐气愤地埋怨母亲是个重男轻女的人，说自己读高三时成绩不错，第一年没考上是失误，如果复读一年也能考个大学。可父母不让复读，没有远见，现在也不能帮衬大哥，只能介绍大哥到养猪场打工。如果复读上了大学，那个时代的大学生，现在肯定有好工作，肯定能给大哥介绍一个如编辑这样文化人的工作，也不用去养猪场干活了。

大哥哥挣不出来三大件，小侄子虽然也是读了大学的人，但现在大学毕业也是打工，小侄子挣不出来三大件。我大哥少年时是要当文学家的人，是喜欢用全景视野看问题的人，是有大局观的人。我大哥坐在堂屋的门槛上说，虽然好多农村娃子读了大学也白读，也赚不了钱，但现在整个国家的国民素质提高了。解放前一百个人里只有三个人认得几个字，现在我们村里没有文盲，过年返乡时间，大学生摩肩接踵，这也是我们国家有力量的表现形式之一。我的小侄子因为没有结婚，有了大量的时间追逐梦想，做个追梦人。小侄子的梦想是为祖国的环保事业做贡献，让天更蓝水更绿，绿水青山才是金山银山。小侄子去年打了一年工，攒下一笔钱，小侄子拿着这笔钱，今年年初来到了318国道上，走川藏线，边走边捡路上游客遗弃的垃圾，为祖国的环保事业添砖加瓦。端午节这天，小侄子和全家人视频，我在视频里看到川藏线上的318国道熙熙攘攘，好多人选择了在318

国道上为环保做贡献，小侄子每天保持走三万步。我的母亲，也就是小侄子奶奶，出生在解放前，没上过一天学，思想跟不上。母亲不停地说小侄子正在干啥呀？净做这不靠谱的事，好不容易攒的一点钱又给扑腾干净了。

未来

我的做保姆的朋友小蓉，是内蒙古林西人，她告诉我，他们村只剩下几个老人留守了。村里的地都荒着，因为这二十几年都不下雨。没有雨水，就长不了庄稼，人们都要靠打工才能生活。她小时候九岁上的学，要翻一座山到乡政府所在地上小学，上完小学，因为家里穷就辍学了。小蓉比我小三岁，干起家务活，如旋耕机耕地，如推土机推残垣断壁，快得让人眼花缭乱。

因为会干活，小蓉容易找活干，每月能挣六千元。小蓉还对我说，他们小时候读书的小学已经没有人了，村里的人都领着孩子在林西县城读书。打工赚到钱的人在县城买了房，没钱买房的人在县城租房领小孩读书。听了小蓉的话，我心里好难受。农村没有人了，叫空心村。农民们都拥到城里打工，没有技术、没有知识的农民想在城里讨口饭吃多难啊！

小蓉因为太能干，在城里生存还不难。可还有好多不如小蓉的农民啊！我每次经过北京的劳务市场，看到在马路牙子上坐着找活的头发花白的农民大哥，我就会泪流满面，用袖子抹去我脸上的泪痕。

如果在自己村里能赚到钱，能过上好日子，谁愿意背井离乡出来受罪呀。可什么时候在自己村里就能致富呢？

我是个低欲望的人

我是个低欲望的人。可是这个社会，很多人都是欲望满满，所以，一个低欲望的人在人群中显得格格不入，像怪物。于是，我和周围的人，除了礼貌点头之外，屏蔽了社交。

我在成年之后，认真地分析过自己为什么低欲望。我出生于1973年。改革开放开始时，我刚上小学。那时候每天大人们谈论的都是发财致富，要赚大钱。每天挂在嘴边的是，无论黑猫白猫，抓到老鼠的就是好猫。这句话的意思是不论成分，不论出身，无论是工农商学兵，还是地富反坏右，都要好好赚钱。

这句话的正确意思，是我在成年后才理解的。在我儿时，对这句话的理解是，跑得快，如猫一样的人才能赚到钱。所以，儿时一听到这句话，我就吓得瑟瑟发抖。

幼时，我干活慢极了，还干不好。出去放牛，放了半天，牛肚子仍是瘪的。我的当农民的大哥，经常如斗地主一样斗争我，说我跟懒曲蟮一样，走路也如蜗牛背着厚厚的壳，半天才能走一步。

所以，在幼时，我就对赚钱这件事感到恐惧，觉得自己赚不到钱，长大了可能养不活自己，对成长也是焦虑不安的。

有句话说，自己的才华撑不起自己的野心，撑不起自己的欲望。所以，我每天跟在自己种地的大哥后边，用精神胜利法安慰自己，“一箪食，一瓢饮，在陋巷，人不堪其忧，回也不改其乐”。

成年后，我来到北京，刚来北京时，还有点滴欲望，想在北京买套房。后来，因为生了女儿，遭遇家暴，被前夫遗弃，没有了买房这样的点滴欲望，只想让自己和孩子不饿着就行了。

可总是会碰到些气人的事。一个和我一样做小生意的人，他发了财，买了一套能抗十级地震的别墅，是下马官员的别墅。他总是得意扬扬，如骄傲的大公鸡一样，对我炫耀。他只顶着一个脑袋进的北京，现在却买别墅了，真是天上人间。我只能感慨，人比人，气死人，不要见人，不与人斗，只和自己斗。

因为赚钱能力差，我自觉地屏蔽自己的欲望。我的大孩子没上几天学，所以，一定要让小女儿上学。于是我选择了最辛苦，还算赚钱的月嫂工作用来混饭吃，用来供养女儿上学。

我现在剩下的唯一一点欲望是，供养女儿读完大学。买房买车这种欲望离我很远。我想都不想，我的能力撑不起来这种欲望。

我自己安慰自己，一无所有的人最幸福，因为世界上有那么多我不需要的东西。因为没有，也就没有物质的东西需要操心。

我成了低欲望的人。那以后年纪大了，一无所有，怎么生活呀！现在很多赚到钱的农民都进城买房子，很多农村成了“空心村”，没有人烟的村子。我决定找一个这样的村子，“开荒南野际”，种点菜，假装和古典田园主义哲学家陶渊明一样，种豆南山，过“草盛豆苗稀”的日子，夕阳晚照时，采菊东篱下。虽然，自己为自己编织好了人生，可天上的金蛋砸了我的头，没受伤，也没痛，我成了网红，成了名人。可一个中年大婶，成了名，总让我感觉像老奶奶戴了六七岁女童的柳条帽，滑稽，可笑。

张爱玲说，出名要趁早。因为这名声来得太晚，我麻木了，我没感觉了。我总是默念日本作家清少纳言的《枕草子》里“不相配的东西”：身份低的女人，穿着鲜红的裤子，看上去都是不相配的。告诫自己，躲进虫洞里，不要被某些自诩“高贵”的人嘲笑。

但有的人自发地根据拥有物质的多少，又把人群分层，形成了歧视链。因为有了物质文化的刺激，大家都向钱冲，冲冲冲！我就这样被物质文明淘汰了。

我们没有什么不同

大家好，我是范雨素，湖北襄阳打伙村人。今天，我在这里做个演讲，和大家说几个故事。

第一个故事是我的理想。

童年，在九岁时，看了《读者》里面的一篇文章，叫《哲学家如是说》，写第欧根尼、苏格拉底、柏拉图……看完后，我便做了决定：当个中国的第欧根尼。在众多的哲学家中，我只喜欢第欧根尼。因为第欧根尼只说话，他不用写字，不著书，还能睥睨亚历山大大帝。做这样的哲学家不累，我认为写字很累人，只说话很轻松。人们只要张嘴说话，个个都口若悬河，说话太容易了。

因为受了大哥的刺激我觉得当哲学家比当文学家有面子。我在农村的大哥想当文学家，被家人嘲笑。我说想当哲学家，家人看我年龄小，不笑我。

既然要当个哲学家，那就要学哲学家。我的小哥哥是神童，小哥八岁时能背诵一部《水浒传》，每天晚上在堂屋里开书场，一村的人来听他说书，十三岁通过高考跳出农门，十六岁在中学教书。十里八乡，人人皆知他是神童。20世纪80年代人人学哲学，他自不甘落后。他在十九岁时，每天读韩树英的《通俗哲学》。我比小哥小八岁，我在十一岁学习第一本哲学书《通俗哲学》时只记住了“唯心主义”“形而上”这两个词。总觉得没学好，离哲学家的距离很远。于是，我便在十五岁那年买了一套《猫头鹰文库》，有好几十本，是蒙田、休谟、卡莱尔、柏拉图等写的。我还买了一套罗素的《西方哲学史》。那时候，我是小学老师，是有钱买书的。但我不看马克思、列宁，因为他们写得太多了，书太厚了，看完了，看得脑子不清楚了。不同的书里有很多矛盾的观点，《英雄和英雄崇拜》里，卡莱尔说，英雄是来自上天的火种，是唯心的。马克思是唯物主义思想家，达尔文说物竞天择是优胜劣汰。所以，看糊涂了。我的小姐姐不学哲学，但她经常会提点建议。小姐姐说：“这不是你笨，是翻译得不好！你看中国人写的哲学，你要当的是中国的哲学家！”

我便开始学中国人写的哲学，但我舍不得花钱买书了，穷苦人家的娃子都是小气人。那时，小学订的有《中国教育报》，村委会订的有《求是》《半月谈》，很少人看。于是，我搜集了这三种刊物上的所有社科哲学类文章，做了三麻袋剪报，刊物上的文章都附有作者的单位地址。

因为只要能写诗的人，都自称诗人，于是，我把所有能写哲学类学术文章的人，都称为哲学家。很快，我发现了一个当代哲学现象，姓陈的哲学家的人数最多。但是，我还是迷惑。我们的书上说：不管黑猫、白猫，捉住老鼠的是好猫。

我的绰号叫“懒曲蟮”（襄阳话，蚯蚓），走路比蜗牛慢。我开始担心，我长大后，物竞天择，我会被饿死，被淘汰。我决定找哲学家问一问，找他们解惑释疑。因为哲学是爱智慧，是无为而无不为。我认为哲学系主任是管理哲学家的，比普通哲学家有学问，我便决定去找人民大学的哲学系主任和北大的哲学系主任。我带着我做的有他们文章的剪报出门了。那一年，我十八岁，是辛未羊年。我在1992年1月24日到的北京，好像是腊月二十吧。当时放寒假了，只有放寒假，我才有空。我先去了人大，人大校园冷冷清清，连找个问路的人也没找到，更没找到人大的哲学系主任。我接着去了北大，北大人声鼎沸。我顺利地找到哲学系。哲学系的工作人员说，哲学系副系主任陈战难老师已调到北大宣传部当领导了。于是，我去了北大宣传部。宣传部里车水马龙。陈老师给我倒了一杯水，刚和我说了几句话，有人来谈工作。我看陈老师太忙，没和陈老师告别，起身就走。

朝北大南门走去，走了五六分钟，我感觉背后跟着一个人。我回头望，是陈老师，跟在我身后。我停住脚步，用疑惑的眼神盯着陈老师。心里想：陈老师干吗跟在我身后？陈老师看懂了我的眼神，他没和我说再见，转身离去。

我愣了一分钟，才明白陈老师这是送客。从小没受到过人尊重的我，不懂礼貌，也不知道有送客这个礼节。陈老师对我这样一个穷乡僻壤来的，只会背哲学家名字的傻孩子很尊重。

几十年过去了，我依然记得陈战难老师那如父亲般温暖的笑容。我在皮村的文学老师张慧瑜也是北大人，也是个和气儒雅的北大人。

第二个故事是关于我的孩子。

荏苒岁月颓，我从一个懵懂的傻孩子，变成了一个在泥水里闯荡的农村妇女。

我在成年后，成了北漂农民工，领着孩子一起掉进了城乡撕裂的罅隙里。一个大赤脚，拉着两个小光脚。一生都在赤脚走天涯。

我带着孩子从农村回到北京之后，孩子渐渐长大。想办理入学，需要开二十几个证明。需由家长或监护人持本人在京暂住证、在京实际住所居住证明、在京务工就业证明、户口所在地乡镇政府出具的在当地没有监护条件的证明、全家户口簿等证明、证件，向暂住地的街道办事处或乡镇政府提出申请；街道办事处或乡镇政府对符合就读条件的来京务工就业农民工的适龄子女，开具标注“农民子女”字样的“在京借读证明”；来京务工就业农民工应持“在京借读证明”，非小学一年级借读学生还应出具原就读学校开具的学习证明，到暂住地附近的公办小学、初中或经批准的民办学校联系就读。

我没能力让我的孩子接受公办学校教育，也不想让他们在打工子弟小学念书。我自己就在打工子弟小学做过老师，知道那些学校是什么样子。20世纪90年代，北京的打工学校开得多极了，就像做买卖。为什么要开那么多啊？为了挣钱。只发那点工资，教师素质能高到哪里去呢？孩子们在这样简陋破烂的学校里上学，也会觉得自己没有尊严。我的大女儿十四岁就不再上学了，我只能用哲学领着孩子不卑不亢地生活，让她明白杜威的“学习即生长，生长就是目的，在生长之外别无目的”。

我告诉孩子，人生是颗菜籽命，落到肥处是棵菜，落到瘦处是根苔。苔长大了是草，草长大了是竹。无论处于何种境地，都坦然面对。每天对孩子说得最多的一句话是，活着是自己的事。

我在难得的闲暇里，为孩子读《小王子》《苏菲的世界》《伟大也要有人懂》《儿童哲学》，读颜子“箪食瓢饮”，读孙敬、苏秦、祖逖求学的故事。两个女儿最喜欢的小说是《佐贺的超级阿嬷》。写这本书的是个说相声的人，叫岛田洋七，相当于中国的侯宝林。他的阿嬷非常乐观，把穷苦的日子过得有滋有味。我的孩子们看完这本书跟我说，佐贺和他的阿嬷过得比我们还穷，但是他们怎么每天都那么开心啊。他们理解了生命一切皆苦，能体会到生命的喜悦，我觉得这就是成功。

我对雇主的孩子也是如此教育，我和他们友好相处。由此有时去接一个孩子，雇主让我们打车往返。我说，没关系，我们坐公交车去，坐公交车回来，孩子还可以走两步，锻炼身体。雇主听了，很开心。孩子也愿意，他管我叫干妈，很喜欢我。

虽然没当成哲学家，但是我做育儿嫂，一样不用写字，只说话就行。我从来没奢望去当文学家，却在今年四月，偶遇了一场沙尘暴，因为一篇文章，莫名其妙地成了网红。有人看了我的文章，说那是北大人代笔的，说有人要把我一个目不识丁的育儿嫂推进文学的殿堂。我不明白，文学的殿堂都已经站满了？我走不进去，只能被人推进去？

其实，我的童年是和当时的文艺青年齐步走的。我在十岁之前，每天躺在床上想象文学作品中的文学形象。看《收获》的《69届初中生》《小鲍庄》《我的遥远的清平湾》想象知青的苦日子，看《当代》的《海水下面是泥土》想象主人公的家国情怀。

还有人说，我的文章有两个世界的视角。其实城里人对农民误解很深，深到好像以为农民都在水深火热地活着。实际是农民都在忙着赚钱，没空理别人。在我们襄阳的农村，你家盖了两层楼，我家要盖三层四层的。盖一栋，还要去城里买一套。城里建的商品房，大部分是农民去买的。但城里人和农民好像生活在两个平行世界，谁也不理谁。

普通的打工者现在只操心孩子的教育问题。他们希望自己的孩子能像城里孩子一样，得到良好的教育。留在农村的农民最担心儿子娶不上媳妇。教育是修身，娶媳妇是齐家。他们的焦虑和恐惧，本质上与城里人没有什么不同。城里人过得好一些，操心的也是怎么样不从现在的位置上掉下来，他们为了维持现在的生活水平，要挣更多的钱。

王尔德写道：以上帝的视角或者以老天爷的视角，我们都在沟里。有的人在沟底，有的人在沟沿，有的人在沟边那块最大的土坷垃上。沟里的人们。仰望星空的人们。我们没有什么不同。

附录二　采访实录

母亲把我的外套脱了，蒙上了我的眼睛

（《正午》问卷）

记者：长假最大的好处是什么？

范雨素：家政工长假放三天，可以有三天时间，和孩子在一起。

记者：长假最令你难受的是什么？

范雨素：没有难受的事。

记者：你还记得第一次国庆长假在做什么吗？（那是1999年）

范雨素：记得，1999年是国庆的五十周年大庆。我带孩子去天安门广场看花篮。那一年，每个省都在天安门摆了个花篮。湖北省的花篮表述内容是：黄鹤楼、三峡大坝、诸葛草堂。我看到湖北的花篮，脑子里弹出了

“云横秦岭家何在”，顿时泪落如雨。

记者：你认识的最会过长假的人？

范雨素：我认识的最会过长假的人，是我的一位雇主。她说，让婴儿多看人脸，能提高婴儿的智商。七天长假，她带着孩子游故宫，登景山，逛了颐和园，登上了长城。她说，七天长假，她按照科学道理，让孩子看了很多人的脸，提高了宝宝的智商。可怜天下父母心。

记者：“我一定要……可是……”

范雨素：我一定要过上童话里的幸福日子，可是我的生活颠沛流离，坎坷离奇。

记者：最不喜欢的地方是哪里，为什么？

范雨素：没有最不喜欢的地方。

记者：世界上哪个地方让你感觉最幸福？

范雨素：在香港的山顶咖啡店，鸽子在人群中徜徉。心里觉得，生命和生命之间不是那么残忍，心里荡漾起了幸福的涟漪。

记者：描述一段童年旅行经历？

范雨素：童年，约四岁时，母亲领我进了一次襄阳城。我在商场看见了一辆童车，哭着，闹着，在地上打滚，要买。母亲把我的外套脱了，蒙上了我的眼睛。

记者：旅行中最难忘的一顿饭？

范雨素：旅行中最难忘的一顿饭，是在火车上第一次吃火车的盒饭。觉得好吃极了，比母亲做给我们的饭好吃百倍。

记者：最特别的住宿经历？

范雨素：在麦当劳里枯坐一夜。

记者：旅途中乘坐过的最奇怪的交通工具？

范雨素：北方叫作麻木，南方称为慢慢悠的一种农用三轮车。坐在这样的农用三轮车里，摇摇晃晃，颠颠簸簸。恰如人生。

记者：旅途中遇到的最有趣的人是？

范雨素：两个江西赣州的男青年，带着帐篷，要在日喀则过夜，还要去尼泊尔，花十元人民币，吃上一顿如满汉全席一样的大餐。

记者：旅途中丢失的最贵重的东西？

范雨素：没丢过贵重的东西。

记者：旅途中最不能忍受的是什么？

范雨素：没有。

记者：旅途中有过艳遇吗？

范雨素：二十岁那年，决定当个北漂。北上的列车上，遇上了一位探亲假结束回部队的士兵。他长得高大、彪悍、英挺。我们双目对视，一见钟情。他给我留了三个地址，一个部队的，一个老家的，一个北京亲戚的。我和他在火车上分手后，没有再联系。因为童年，每天跟在一帮能上天入地的哥哥姐姐屁股后面混，受了他们的打击，过分自卑，不相信灰姑娘能遇上白马王子。错过了这段迷死人的艳遇。

记者：旅行中最离奇、荒诞、搞笑的一件事？

范雨素：没有遇上过。

记者：想去而一直没去的地方？

范雨素：想去三个地方，一直没去。一是希腊的科林斯。因为九岁时看了一篇文章《哲学家如是说》，介绍第欧根尼的，九岁的我，给自己立了一个一生的理想，当中国的第欧根尼。可惜自己生性愚钝，只会背哲学家的名字，看不懂哲学书，当不了第欧根尼。剩下的念想是到科林斯去，找垃圾桶，在那里躺上半日，做个形式上的第欧根尼，向心中的偶像致敬。

第二个地方是江西的九江。因为陶渊明是官场版第欧根尼，是古典自然主义哲学家，所以也是我的偶像。我一直想去而不得。我把《陶渊明集》在脑子里铭刻。我想去九江，找到陶渊明种豆的地，锄上一日的草。日暮时，看看门前的南山。得上半日的悠闲，可抵得十年的尘梦。

第三个地方是韩国的襄阳。我的先祖范天顺，守襄阳城六年后，被蒙古军破城。先祖拔剑自尽。先祖的士兵，成了俘虏。他们在冬天穿着单衣，戴着镣铐，辗转流离，在韩国生活。他们怀念家乡的一草一木。他们用家乡的名字为异国的土地命名。所以那里的土地上有汉水，有襄阳，有鹿门山、习家池、岘山……我要在韩国的襄阳城，遇上一个路人，拍拍他的肩膀说："朋友，我们的先祖，是与子同袍的兄弟。"

我还是范雨素
（韩逸）

“成名”之后

每日人物：从《我是范雨素》突然之间火爆到现在已经差不多八个月了，你现在还记得当时的状况吗？现在回想起来是什么感受？

范雨素：那天，我说了整整一天的话。十多个小时，十多个记者，我都晕了。记者们问我最多的问题，就是我对我出名怎么看。我不知道我咋出名的，我也不知道我为什么能出名。我问过来采访我的记者，怎么会出名啊，一篇文章怎么会出名啊？那几天我的情绪是，所有的事情都拒绝。要是所有的采访都接受了，那么一年三百六十五天，每天都要说话。

2017年，很多人说我成了网红，但对我个人生活而言，没有任何改变。就像哪儿着了火，大家都跑去看，看完拉倒。新闻不就是这样吗？我心里没一点感觉，每天还过着萝卜白菜豆腐的生活。

每日人物：还有很多记者去了你的湖北老家，家里人怎么跟你说这件事的？

范雨素：有一个女记者去了我家，在我家住了一个礼拜。家里人干活，她就帮忙看孩子。她把我童年写的诗全翻出来了。我看到她翻拍的图片，吓了一跳。我看到我写的诗，有种恍若隔世的感觉，我小时候还天天这么努力，这么勤劳。

这些记者真不容易，来采访我的记者也都是非常优秀的人，其中一个是北京大学文学社社长。现在工作都这么难找了吗？还有一个，放着好日子不过，要当记者。他的父母都是公务员，他却不回家当个公务员享福。他的同学都是公务员，天天吃饱了坐着。

每日人物：我记得那时你对外宣称自己躲去深山了，是这样吗？

范雨素：我没去深山，就躺在家里关了手机看张岱的《夜航船》。我在皮村就没人认识我，贫穷是我的隐身衣，我照样上街买菜。

每日人物：当时好像有好多人带着钱来找你，感觉随时都能改变你生活的样子。

范雨素：这些都是后来听文学小组的同学跟我说的。不少出版社来找我。小付（皮村文学小组组长）问我，范姐，二十万，签吗？我说，不能签，我已经答应了理想国，说话就得算话。今日头条的编辑是直接带着合同来的，一个月写四篇，一篇给我一千五，我都拒绝了。

还有个活动，他们只要我去坐在那儿，什么也不用干，就给我一万。我一口回绝了。你如果要帮我，就直接把钱打给我得了。或者让我干活，让我演讲，让我劳动，也行。可是什么都不用干就给钱，我不去。这是在消费我。

每日人物：有网站邀请你去做编辑，为什么没有去？

范雨素：那个活儿比当育儿嫂更累。虽然做育儿嫂一晚上只能睡两小时，可是没有压力。那就是熬日子，熬完了就行。可如果每天都要写文章，那就得睡觉做梦都在想这个事儿。有人说，做了编辑，命运就改变了。

可脑力劳动就比体力劳动高贵吗？说脑力劳动改变命运，那叫偏见。你比人家盖房子的强吗？你不是自己哄自己吗？他们非要把人分成三六九等是他们的事儿，我的眼里没有阶层。

每日人物：2017年年底的时候，你参加了很多活动，拿了一些奖，其中哪一个是自己认为比较特别的？

范雨素：我最高兴的是英国大使给我颁了一个奖。说是为国争光，我有点脸红。因为我，一个中国农村的穷困偏远地区的小女孩，六七岁的时候就读了《雾都孤儿》，英国《卫报》高兴坏了，人家因为这件事感到自豪。这就好比说一个索马里地区的偏僻农村里，一个六七岁的小男孩看过《西游记》，传到我们中国，我们也会觉得高兴。

我曾看过报道，很多外国人对中国农妇的印象停留在《红高粱》的九儿，停留在《菊豆》和《大红灯笼高高挂》上。我为自己所作所为，改变了外国人对中国农妇的形象而欢欣，觉得自己也能为国争光了。这些年，算是没白活一回。

每日人物：还有一个活动给你颁的奖是“年度女性

榜样”，你怎么理解“榜样”这两个字？

范雨素：我喜欢那个活动的颁奖词——榜样可以别样，不必非要高大上。你得允许有我这样的人存在。我是穷人，不是多高尚的人，也不是名人。我受不了人家崇拜，我最害怕成为别人目光的焦点，我们习惯了卑微，不愿意让人盯着。说我看书，我们村每个人都看书，说我自己带两个孩子，单身母亲也多了。中国大地上多少单身母亲，凭什么我比别人强啊。

阅读与写作

每日人物：和出版社签约之后，你这半年多都在家里写作？

范雨素：我只做了一件事，就是坐在家里写书。我写的是我家族的故事，是一个关于平等和人类命运共同体的小说。小说中的乡亲们在前世是帝王将相，今生却是草芥小民，他们都是一个灵魂。刘邦和项羽都在他们身上复活了。我的书稿都是手写，写了十几斤，有几百万字。现在，我要把它们删成十万字。

每日人物：会删掉什么样的内容？

范雨素：我去掉了自己受到欺侮的一个故事。有个女雇主，因为孩子踢被子骂了我。我要解约不干，她又踢了我一脚，鞋印子还留在我衣服上。她说，她家不是街心花园，想来就来，想走就走。我当场报了警。警察来了也帮着她说话，连旁边辅警看我的眼神都是同情的。我决定起诉我的女雇主，要求赔偿精神损失。法官是个二十几岁的男孩子，他问我，你告自己原来的雇主，现在的雇主知道吗？他是法官啊，怎么可以这样问我呢？但我最终还是放弃了起诉，因为流程太复杂。我知道，成年人的精神很强大，精神损失费没那么好判。

删掉这个故事是因为我要考虑出书之后的影响。如果有人把我写的事情对号入座，容易伤害别人，我不想伤害任何人，警察里也有好人。如果把这些故事都写出来，就容易打击到整个群体。

每日人物：这种全身心投入写作的感受是怎样的？和以前写作的感觉有什么区别吗？会有作家的感觉吗？

范雨素：没有任何区别。我可不是什么作家。童年的时候，我的大哥哥每天要做文学家，想当作家。现在，我一听到作家、文学家这种字眼，就像起了湿疹一样害怕，感觉作家就是失败者的象征。还有活动邀请我的时候，给我做了一个海报，说我是“民间诗人”。我跟他们说，可别这么写，写农民工行吗？最后就写了《我是范雨素》的作者。

每日人物：现在，写作对于你来说意味着什么？

范雨素：我写书不是为了挣钱，只是为了满足自己的表达欲。我只写这一本书，没什么可担心的，也没什么可炒作的。我要写我心里的东西。

每日人物：每天除了写作，你还会做点什么？

范雨素：有时候去温榆河畔走一会儿。自己在屋里坐着，我就很充实，很幸福，很满足。两面都是书，我可以天天看《知音》，看《故事会》，听毛不易，听钢琴、小提琴、古琴。我谁的歌都听，管他这个人是阳春白雪啊，还是下里巴人，我全部喜欢他们。看书也是，什么书都看。有些人，干什么都弄个鄙视链，对看《知音》的也鄙视，对看《读者》的也鄙视，也不瞅瞅自己。

每日人物：你觉得阅读、写作带给你的最重要的东西是什么？

范雨素：多看书可以看到各种各样的苦难，会正确认识自己，会觉得很幸福。日子过得不好的时候，我就看《三毛流浪记》，看《鲁滨孙漂流记》，看《我的遥远的清平湾》，我吃的苦，跟小说里的文学形象一比，都不算什么。文学给了我精神上的支撑。王安忆的《69届初中生》、刘震云的《塔铺》，我都能背。

每日人物：前不久的一次活动，刘震云也出席了，你见到真人的感受怎么样？

范雨素：刘震云夫妇主动过来和我聊了天。我看过他的书，他的舅舅叫范克俭，我的父亲叫范克礼，我就胡扯了一下，跟他认了个表兄妹。虽然觉得做这种事儿就是谄媚，但是崇拜人家，就谄媚一下嘛。他多通透啊，就说好好好。

每日人物：这八个多月以来，你觉得自己的生活哪些部分被改变了？

范雨素：改变你是看不到的。人们更愿意看到的是世俗的改变，你吃顿饭吃好了，住的房子大了，这是世俗的改变、世俗意义上的成功，但是那些带给你什么啦？只能带给你虚空的虚空、迷茫的迷茫啊，只有那种无知的骄傲和居高临下。

每日人物：前不久皮村文学小组的课上，你给工友们讲了一堂“量子力学”的课，讲了波粒二象性、薛定谔的猫和双缝实验。为什么会选择在文学小组的课上讲物理？

范雨素：我今年看了很多物理方面的书。学了物理之后，我知道了粒子是这个世界最小的单元，人死了以后，这个思想没有消失，变成了粒子，就变成了暗物质。所以人死了之后只是装思想的容器不存在了，灵魂还存在啊。所以现在，各种神秘现象都能解释清楚了。我看了好多物理学书之后，就变得越来越老实了，越来越通达了。就正确认识自己了，就没有任何不良情绪了。活得很明白了。

万物平等

每日人物：在皮村给工友们上文学课的张慧瑜老师说，有时底层是很难被消费的，因为他们身上有许多很坚硬的东西。你觉得那些坚硬的东西是什么？

范雨素：对，底层是很难被消费的，他们身上有坚硬的东西。他们比叫作中产的那群知识分子更加坚韧、有力，有百折不挠的精神。我这人就是百折不挠的。有些人用好像很嫉妒的口吻问，你怎么摆出一副什么都不怕的劲儿，我早就什么都不怕了。一不怕苦，二不怕穷。现实中经历了太多的苦。因为看小说的原因，我对所有的苦难都有预设了。我对世俗的幸福，不太看重。过穷困日子好，一无所有，你就没有负担，你就没有失去了会觉得伤心的东西。

每日人物：有人专门分析过《我是范雨素》中提到的富豪，猜他们的姓名，说你泄露了雇主的隐私，你怎么看？

范雨素：其实所有的富豪都一样，一天到晚都像萨达姆一样，活得如坐针毡。他们的日子过得比我还苦。他们有几个老婆，尽人皆知。

每日人物：据你观察，他们的焦虑在哪里，他们为什么如坐针毡？

范雨素：他们住着联排别墅，雇十几个人，想要维持那种生活，他是不是要整年想办法挣别人的钱，不得不干活儿啊。中产阶级有下滑的焦虑，农民没有那种焦虑感。我就是金字塔底座了，我还能怎么样？中产不一样，他们天天辛苦努力，自己哄自己，觉得自己是迈上了一级台阶的人，天天怕自己掉下来。

每日人物：现在，城市人群了解农民和农村大多通过社会新闻、返乡日记和快手视频之类的大众媒介，你觉得这样会增进城乡间的了解，还是会加深误解？

范雨素：会加深误解。我就经常受到歧视。有次我拖着箱子准备回老家，雇主要求开箱检查。拉开箱子，里面放了三本书。她特别意外地问我，这是你的书？我自己买书看，让她感到惊奇。这个雇主是官二代。她从出生就没跟农民打过交道，她就用她想当然的农民来想我。

我不看快手，但是网上有的每一篇博士返乡日记我都看，那些博士已经不属于农村了。他们写的时候都带着强烈优越感，我不喜欢。农民是可怜的，不过在童话里，国王也是被怜悯的对象。我用文学视角来看待这一切的时候，只觉得万物平等。有篇文章叫作《深到骨子里的高贵，是没有身份感》，我喜欢这个题目，说出了我不能表达的话。

每日人物：通过你对这两个群体的观察，你觉得这种差异、误解，要怎样才能消除呢？

范雨素：我知道的这些家政工，个个都是为了孩子上学出来挣钱的。她们白天想孩子，半夜哭。上好大学要钱，挣钱多难呀。搬砖头、建房子、送快递、干家政，哪一分钱不是农民工的血啊。可是这么给孩子赚出来的钱，供孩子上完了学，还是很难找到出路。这是孩子智商的原因吗？以前农村有小孩考上大学要请客，是跃龙门了。现在上了清华、北大才高兴，上了一般的大学，都面无表情了。

每日人物：对于自己的孩子呢？

范雨素：我的大孩子没有接受教育，我看见她就愧疚，像罪犯见了狱警。她从十四岁开始干活，做过收银员，做过美容师，现在在做会议速记。她能做这份工作，得益于小时候的阅读积累。我经常去旧书市场，买几十斤没拆封的二手书给她们看。两个孩子都喜欢看《佐贺的超级阿嬷》，说那本书给了她们直面生活的勇气。

最黑暗的日子里，我一个人带两个孩子，觉得看不到光。我在大街上看到乞讨的人，就想拥抱他们。在心里，我和他们是一样的人。我的女儿在速记公司上班的时候，把单位发的果汁送给拾废品的奶奶。她在电话里告诉我，我立刻问，你怎么给她的？她说，我两个手捧着给她的。她马上知道我问这句话啥意思。我们自己都属于最苦最苦的人了，所以一定要对每个人都特别好。

每日人物：孩子们怎么看待你出名这件事？

范雨素：大女儿对我的出名完全没感觉。她现在已经能独立生活了。她劝我，还是得做体力活才能赚钱。她很少给我寄钱，但是经常给我和妹妹买衣服，给妹妹买学习用品。母亲节的时候，她还从云南给我订了一束满天星。我们就像是舒婷写的两株木棉树，谁也不操心谁。

每日人物：完成书稿之后，你准备做什么？

范雨素：我还会去做育儿嫂，做体力活。因为没有收入，这半年算是我过得最窘迫的日子。我昨晚做了一个梦，梦见自己生活窘迫，缺钱用。梦里我在做育儿嫂，被雇主辞了，于是我就在梦里接着找工作，没找到就醒了。醒了之后我想，只要努力找，会找到的。在北京，你只要愿意出力，扫地都能活。

2017，我采访了11个记者

2017年，我因偶遇了一场沙尘暴，莫名其妙地成了网红。有很多记者采访我，我接受了其中十一位。因为人都是互相尊重的，他们采访了我，我也采访了他们。

这十一个记者中，老家在四五线城镇的七个，其中女性三名，男性四名。剩下的，来自发达农村的一个，来自发展中农村的三个。农村出身的女性一个，男性三个。和名人蔡崇达在《皮囊》中写的一样：中国的媒体是小镇青年撑起来的。

就好像食物链一样，大城市人不干的活，小城镇青年干。小城镇青年不干的活，农民工全干。这几个记者，都是新新青年，年龄小。最大的三十岁，最小的二十四岁。

这十一个青年中，我印象最深的是四位来自农村的记者。因为我和他们出身相同，我们在一起时，说的话多。

先从第一位来自发达农村的记者谈起。我叫他刘兴，他三十岁，来自一家民营媒体。他从本省排名第一的大学毕业，从业快十年了。刘兴对我说，他特别能吃苦，也很会赚钱，已经在一线城市买房了。有一次，去一个新闻事件现场，现场已被武警严防死守了，进不了一个人了，但他需要新闻图片。他背上摄影器材，从一楼的下水管道爬到七楼的楼顶，拍到了图片。

他为了取得我的信任，先和我聊了会儿傅山的书法，屈原的诗，《诗经》《楚辞》……把我震得脑子嗡嗡响，才切入正题采访。

第二位记者，我叫他韩山吧。他来自发展中的农村，也就是贫困的农村。他脸长得胖，手也长得像包子，圆鼓鼓的。他毕业于本国排名第一的大学，在国营媒体上班，是文字记者。

他很聪明，用我不会拒绝的方法，约到了我。

我们在黄昏见了面。那条街上没有咖啡店，我们想找个饭店坐下来谈谈，可每个饭店里的声音都比菜场嘈杂。最后，我们坐在一家写着“正在装修”的店铺门口的台阶上，开始了采访。

可是，我发现，他对采访并不热衷，只是呆呆地望着天上缓缓升起的下弦月。有一搭无一搭地和我说话。

他说他心情一直不好。他上大学时，父亲以他为荣。逢人就说，儿子考上了本国第一的大学。可他大学毕业后，挣的工资也不高，他父亲现在也不喜欢他了。

他不需要和我见面，就能写好报道。可他们杂志社规定，要发稿必须要见到采访对象。所以，他才想了办法和我见一面。

我说："你爸爸这人不咋样，太势利了。"他生气地瞪了我一眼。我知道，我说错话了。他爸爸不好，只能由他自己说，我不能说。我想向韩山道歉，可年龄大了，又拉不下脸说抱歉了。

于是，我陪他看了看天上的下弦月，和他一起发了一阵感慨，说在北京买个房子，就好比登月一样难。

然后，就挥手再见了。

第三位来自农村的记者，是唯一的女孩，也是贫困农村的。小女孩是从本省排第一的大学毕业的。她很聪明，有一双忽闪忽闪的大眼睛。当她望着你时，你就会感觉到自己无所遁形。她长得和少年的我一样。

我平时对自己的要求，是在脑子里给自己设置一个"静音"模式。因为，我个子矮，只有一米五。人家都比我个子高，目光平视过去，根本看不见我。我就像穿了神仙发的隐身衣。因为是隐身的，便不能出声。所以，我为自己设置“静音”模式。

这次，面对这个也不怎么说话的记者女孩，我看到了少年的我。我决定补偿少年的我，我的少年天天在过苦日子。

于是，我把脑子里的“静音”模式，转换成“万言千词”模式。我对这个叫李兰的女记者说了五六个小时的话。说得词源倒峡，滔滔连篇。全是侃侃忠言。我一直对着李兰记者说到“口干舌燥，词源枯竭”的状态。

我积极配合了李兰记者的工作。

这四个出身农村的记者中，我印象最深的是周安。他也是出身寒门，从本省排第一的大学毕业，在民营媒体上班。

他长得像闰土，朴实中带着傻气。他是做视频的，今年二十八岁，已结婚了。

我说，你真不容易呀，农村出身的孩子们说媳妇多难呀！

他说：“对呀！”他媳妇太好了，没要求买房，也没要车，就和他结婚了。

他媳妇在他们家的地位，比英国女王要高。我连忙附和，是呀，要比俄罗斯女皇地位高才对。

我用要当个劳模的态度，配合周安拍视频。

拍完了，我们闲聊了会儿。说到现在农民都过上好日子了。每个农民都有个医保。解放前，好多农民都不知道得什么病，就病死了，不明不白地病死了。现在农民有了医保，得了病，都去医院检查一下。虽然得了大病，也许还是看不起，但是，最起码首先弄明白自己是得了啥病再说下一步的事。

这也很不容易了。看看历史书，几千年的历史，只有现在的中国，才能死得明白。

我俩相对感叹了一阵。我看他的手也和小包子一个样。周安对我说，他的手是得了“冻疮后遗症”。

他说，小时候，每天饿得发慌。冬天也到处掏鸟窝，找鸟蛋吃。年年长冻疮。成年后，不挨饿了，但手有了“冻疮后遗症”。我想起来了，韩山的手也得了“冻疮后遗症”。

我和李兰的手，都不是肿的。我们小时候，手也得过冻疮，但我们的手相对比男孩子活动得少。成年后，没有后遗症。

我们又谈了一会儿农村的现状。周安说，他是1989年生的，是超生的。小时候，每天爸爸妈妈领着他东躲西藏，躲超生罚款，过着游击队一样的生活。现在，他拍的视频，百分之九十都是打假暗访类。因为有童年的生活经验，他的样子和街头混混、送快递的、提灰桶的小工一个样。走到哪里，都不被人注意。

周安说，现在农村真好，不用交计划生育罚款了，又不用交提留了（农业税）。

我说："是呀，真好呀！比原来强好多倍。你经常拍暗访视频，要注意安全。"我们一起合唱了一首《解放区的天》，然后，挥手告别。

这两天，又想到了这几个年轻的记者，还想到了自己的孩子。

这些来自农村的记者，他们文能考上最好的大学，武能爬上下水管道。他们个个都是勤奋、踏实、敬业的，但个个都买不起城里的房。

我的孩子，没上过两天学。十四岁谋生，要受多少多少的苦，才在城里立足。

还有那么多送快递的、做装修的、收废品的……这些农村青年生存真是太不易了。

想着，想着，不禁泪流满面。

（刘兴、韩山、李兰、周安均为化名。）

我采访的记者

去年1月份，我写一篇《2017，我采访了11个记者》，里面只讲了四个记者的故事。那七个记者纷纷质问我，为什么不写他们。

我写下这篇文章，要把我认识的所有记者都做个记录。

我最早认识的第一个记者是在2015年认识的。她叫杨宙，是冬梅县县城的人。2015年时，她默默无闻，在网易实习。无意中看到我写的一篇文章，便联系采访我。那时，我在昌平做育儿嫂，没有时间。杨宙锲而不舍地和我联系了四个月之久，我们才见到面。那时的杨宙才二十二岁，她的面庞长得冷艳，气质沉郁。文笔好，还有韧性。后来，她实习期满，去《人物》做了记者。

我单独接受采访的第二个记者是《人物》的李天

波，小李是兰州城里人，小时候跟着爷爷奶奶在农村长大。小李一脸清秀，戴着一顶有檐的黑色棒球帽，那时，我对出名这件事不习惯，对人充满警惕，和小李没聊几个字。

只觉得小李的名字很好听。天波让人联想到银河浮槎，还有《天上的街市》。

后来，听说天波生病了，希望天波身体早日康复。

《人物》的韩逸和我聊天的次数最多，我们结下了深厚的友谊。韩逸是1988年生的，是图片记者，也是文字记者，“双栖”记者。韩逸给我拍过好多张照片。

每张照片，看着都如慈祥的长者。

我说，韩逸，你把我拍得忒好看。

韩逸说，我技术好，水平高。

韩逸对我说，她妈妈叫刘班长，做饭特好吃，比厨师做得好吃。韩逸现场给我演示刘班长的颠勺姿势。

韩逸还要喊我去喝她自酿的美酒。我假装忙，还没去喝。

河南叶县的段睿超也采访过我。那时他在红星新闻。小段用手机给我拍的照片，难看得如同《格林童话选》里的女巫。我说，小段，太难看了。你可不能用这样的照片。小段是学新闻的，学过新闻学伦理，他说，一定不用。

小段说，这不是自己的错，是他的手机老旧，过时了。他要攒钱买手机。

还有《南风窗》的记者陈莉莉。陈莉莉是江苏徐州人。她有飘逸的黑发，眉清目秀，但皮肤有点黑。我们俩都是不婚主义，有共同的信仰，所以聊得很投机。

我还采访过一个叫刘海鹏的记者。我本来只见过他两次，只打招呼，不聊天。可今年春天他质问我，为什么不写他?

于是，我发消息采访了他。

我第一次看见他时，记得他个子高，脸上没青春痘。第二次看见他时，觉得他个子矮，脸上长了好多青春痘。

他说，那时因为第一次，我在坐着，他在站着，所以我看他高。第二次是因为我站着，他也站着，我看清楚了，看出来他个子矮。

他告诉我，他谈了个女朋友，刚分手了。原因是鲁迅。

他谈的女朋友长得挺漂亮的。可有一次对他说，鲁迅的文章写的什么东西呀！看也看不懂，早该从课本里删除。

而他是鲁迅的崇拜者。觉得和这个女孩是两个世界的人。说不来，就散伙了。

我安慰他，天涯何处无芳草。有些人看一篇文章，就如一年级的学生认生字一样，是挨着认了一遍字。文字理解水平和一年级小学生一样。

他告诉我，他很会攒钱。没有花钱的习惯，刚毕业两年已存了二十万了。

我说，要向他学习。我不如刘海鹏有钱呀！

和我唠嗑的记者，只有《三月风》的白帆是大城市天津人。

记者朋友也是兼职的文艺理论家。他们也对我的文字做过评论。

今日头条网名“阿猫阿狗”说：范姐的文字简单直爽。和我的老师张慧瑜的评价是二字之差。慧瑜说，简练、直白。

搜狐的孙俊彬说，你的文字是朴拙这两个字。

《南风窗》的小陈说，是有文字的自由。

他们的评论又正面，又积极向上，感谢记者朋友的鼓励。

有两组拍纪录片的记录，他们跟拍了我一天。每组两个人，共四个人，我对他们印象深刻。第一组是东方卫视的邢维导演，李维潇摄像。

我叫李维潇小李，他年龄很小，比我的孩子略大一点。他是安徽宿州人，家里出身挺好的。

小李拍的时候，扛着摄像机倒着走路。我很担心他摔跤了。我说，你可别摔了！小李说，摔不了跤。

我说，小李，你当摄像也挺辛苦。为什么不回老家当个公务员。小李回答，他热爱摄像这个职业，是把兴趣和工作合在一起干的，所以不回家享福。

邢维导演是四川纳溪人，1988年生的。他告诉我，干活的都是“80后”“90后”“70后”都当官了。

邢维说话的神情像政工干部，像县政府下派的扶贫工作队队长，时时有中央文件里的专用术语。

邢导告诉我，他们电视台三天两头都要政治学习。

我猜，他们台长原来肯定在党校教过书。

他们个子高，腿长。我个子矮，腿短。我走路跟不上他们的步伐，又不能落下了，我跟在他们两个身后，小跑了一天，跟得气喘吁吁的。

小李还诚挚地邀请我去安徽宿州玩，到时请我吃美食。

还有一组拍视频的记者是《北京时间》的隋文文和卢美君。他们两个都来自山东。

他们两个年龄都很小。文文说，她是1993年生的，是人大的人类学硕士。因为是人类学硕士，从开始当记者就是人物记者。好多记者刚开始干时，都要从扫马路记者开始干。

我不知道小卢多大，但推测他年龄很小，因他说话奶声奶气的。我们拍完视频，中午一起吃了一顿饭。

小卢说他高考时，英语和地理考分最高。因为他们老师教得好，英语老师上课时，经常领他们看《狮子王》。地理老师只领着他们画地图。小卢说，我画地图，画得好极了。

小卢边说话，边吃饭，边用筷子画地图。

远在山东故乡的老师，这时是否心灵感应到，北漂学生对其的赞美！

（刘海鹏为化名。）

图书在版编目 (CIP) 数据

久别重逢 / 范雨素著. — 北京 : 北京十月文艺出版社，2023.1 (2025 .7重印)
ISBN 978-7-5302-2229-4

Ⅰ. ①久… Ⅱ. ①范… Ⅲ. ①自传体小说—中国—当代 Ⅳ. ① I247.5

中国版本图书馆 CIP 数据核字 (2022) 第 059946 号

久别重逢
JIUBIE CHONGFENG
范雨素　著

出　　版　北 京 出 版 集 团
　　　　　北京十月文艺出版社
地　　址　北京北三环中路 6 号
邮　　编　100120
网　　址　www.bph.com.cn
发　　行　新经典发行有限公司
　　　　　电话 010-68423599
经　　销　新华书店
印　　刷　北京盛通印刷股份有限公司
版　　次　2023 年 1 月第 1 版
印　　次　2025 年 7 月第 3 次印刷
开　　本　880 毫米 ×1230 毫米 1/32
印　　张　10
字　　数　161 千字
书　　号　ISBN 978-7-5302-2229-4
定　　价　52.00 元
如有印装质量问题，由本社负责调换
质量监督电话　010-58572393